Carson McCullers

麦卡勒斯文集

The Member of the Wedding
婚礼的成员

上海译文出版社

〔美〕卡森·麦卡勒斯 著　卢肖慧 译

《麦卡勒斯文集》总序

孙胜忠

　　作为这套《麦卡勒斯文集》的译者之一，应《文集》责编宋玲女士之邀为其作总序，我感到既有义务也很荣幸。下文首先简介麦卡勒斯在文学史上的地位及其作品的接受情况和当下性，然后对麦卡勒斯小说逐一做个概述，以便读者对这套文集有个总体把握。在评介的基础上，我将进一步对麦卡勒斯的创作风格、作品的重要主题、小说之间的关联，以及最新的研究动态等略做探讨，以期为研究者提供参考。

　　麦卡勒斯无疑是美国文学史上一位重要的作家。1947年，麦卡勒斯就被评选为"美国最佳战后作家之一"，几乎同时，她被称为"最佳美国女小说家"；1951年《纽约时报》"感谢美国是卡森·麦卡勒斯的国家"，而《时代》杂志则宣称"麦卡勒斯是美国最重要的当代作家之一"。遗憾的是，1967年，麦卡勒斯在50岁的时候就因病英年早逝，说到她的不幸离世，传记作家弗吉尼亚·斯宾塞·凯尔（Virginia Spencer Carr）感叹道："20 世纪的美国失去了其孤独的猎手。"其实，麦卡勒斯何止是 20 世纪的重要作家之一，今天的读者和研究者还在不断地欣赏和研究她的作品，并能发掘出新意，这说明，她也属于 21 世纪。下面略举几个例证以说明麦卡勒斯的当下影响力。2001 年美国文库出版了麦卡勒斯的小说集，并于 2004 年第二次印刷；2002 年美国上演了她的剧作，《纽约时报》称这是对麦卡勒斯及其作品"恢复兴趣的最新证据"；2014 年麦卡勒斯协会（Carson McCullers Society，创立于 1990 年）再次活跃起来，选举了新的协会领导人，吸纳了"致力于研究这位伟大的美国作家"的成员；2017 年在意大利的罗马举办了"世界的卡森·麦卡勒斯（1917—2017）：庆祝卡森·麦卡勒斯诞辰 100 周年国际会议"。[①]上述数例已足以说明麦卡勒斯的当下性，但更重要的还是要看她的作品与当代社会，尤其是美国社会现实的关联性。例如，麦卡勒斯的作品常常涉及种族歧视与暴力，这与美国眼下的种族现状是否相关呢？答案当然是肯定的。奥巴马 2008 年甫一当选为美国总统，就有人宣称美国已进入所谓"后种族时代"，仿佛种族问题已成过去。但

---

① Casey Kayser Fayetteville, Alison Graham-Bertolini, "Preface", in Alison Graham-Bertolini, Casey Kayser, eds., *Carson McCullers in the Twenty-First Century*, Cham: Palgrave Macmillan, 2016, pp. v - vii.

这一美丽的标签很快就被现实击得粉碎，因为随后在美国密苏里州的弗格森及其他城市接二连三地发生了警察枪杀黑人青年的事件，从而引起极大的争议与抗议。这种无处不在的种族歧视以及黑人暴力死亡案件令人不禁想起麦卡勒斯创作的《没有指针的钟》，如其中的"布朗诉托皮卡教育局案"、舍曼因移居白人区被炸死等。小说中的种族暴力威胁、暴民心态与美国今天的种族冲突如出一辙，因此，麦卡勒斯的小说必然会给人们带来对美国历史、现状和未来的新的思考。这也说明了我们今天重译、重读麦卡勒斯小说的当下意义。

这套文集收录了麦卡勒斯的五部长篇小说和一部《麦卡勒斯短篇小说全集》，几乎涵盖了作者的全部小说作品。长篇小说分别是《心是孤独的猎手》（1940）、《金色眼睛的映象》（1940年分期发表在《时尚芭莎》上，1941年以书的形式出版）、《伤心咖啡馆之歌》（1943）、《婚礼的成员》（1946）和《没有指针的钟》（1961）。

读者要想了解麦卡勒斯小说的主题和创作风格最好还是从她的《心是孤独的猎手》读起。这倒不是因为这是她创作的第一部小说，而是因为这部小说几乎涵盖了她此后所有作品的主题、题材以及她意欲探讨的有关人性和社会等深层次的问题。《心是孤独的猎手》的背景是美国南方腹地，人物是遭到社会疏离的弱势群体，主题主要表现为孤独与无望的爱。

　　故事开始时，两个聋哑人——约翰·辛格和斯皮罗斯·安东尼帕罗斯——已在一个屋檐下生活了十年，这两个性格完全不同的人结成了一种神秘的友谊：身材高挑、敏捷、聪明的辛格非常迷恋肥胖臃肿、冷淡、神情恍惚的希腊人安东尼帕罗斯。在他们生活的那个萧条的棉纺厂小镇上，大多数人脸上都常常露出饥饿和孤独绝望的神情，而他俩似乎一点也不孤独。只不过他们付出的感情并不对等：辛格给予；他的朋友接受；一个是爱者而另一个是被爱者，似乎都沉浸在自己所扮演的角色中，倒也相安无事。可突然间，这一宁静被打破了，安东尼帕罗斯神秘地生了场病，病好后，他像变了个人似的，成了麻烦制造者：偷东西、冲撞陌生人，甚至在大庭广众之下撒尿。尽管辛格对此很伤心，悉心照料，倾其所有为朋友解决他所造成的麻烦，但他最终还是无计可施，精神错乱的希腊人被送到两百英里之外的精神病院。

　　在接下来的几个月里，辛格不知不觉间成了另外四个人生活的焦点，这些人都希望在他身上寻觅一种神秘的形象，以圆他们自己痴迷而支离破碎的梦想。12岁的米克·凯利是个假小子，表现出对音乐的独特禀赋，在她的想象中，辛格具有某种精神和谐，这使她想起莫扎特。黑人医生本尼迪克特·科普兰长期以拯救黑人为使命，哑巴对他来说象征着极其罕见的白人的同情心。杰克·布朗特是个激进的工人运动组织者，但他的语言天赋胜于行动，对他而言辛格仿佛是天赐的，因为布朗特误以为只有哑巴愿意倾听，并能理解自己。咖啡馆的老板比夫·布兰农刻意观察咖啡馆的各色人等，在他看来，辛格是个再恰当不过的静观对象，因为大家的注意力都在他的身上。然而，所有这些人都不知道辛格对安东尼帕罗斯的爱，也没有意识到他们对他的兴趣给他带来的困惑。当得知安东尼帕罗斯的死讯时，辛格自杀了，留下的只是他的那些追随者或崇拜者们的思考和悲伤。

与《心是孤独的猎手》相比，《金色眼睛的映象》色调显得更加灰暗，充斥着性反常、窥淫癖、自残和谋杀等情节，因而出版伊始便遭到诟病。故事发生在20世纪30年代美国南方腹地的一个兵营，按照叙述者的说法，其中的人物涉及"两名军官、一个士兵、两个妇女、一个菲律宾人，还有一匹马"。其中一名军官是韦尔登·彭德顿上尉，他是一个倍受压抑、隐藏极深的同性恋者，对其妻子的情人非常着迷；另一名军官是莫里斯·兰登少校，这个行为随便的公子哥在与精力充沛的莉奥诺拉·彭德顿初次见面两个小时之后，便在黑莓丛里发生了关系。那个天真、显得愚笨的士兵——二等兵艾尔基·威廉斯偶然间从窗户里目睹了裸体的彭德顿太太，于是便开始偷偷摸进她的卧室，痴迷地窥视熟睡中的她，从此一发不可收拾。另一名女子是弱不禁风、神经衰弱的艾莉森·兰登，因遭受婴儿夭折、丈夫出轨等连续打击，竟然用园艺剪刀将自己的两只乳头剪了下来，好在她有菲律宾籍用人阿纳克莱托陪伴，从他那里得到了些许的安慰。深得莉奥诺拉喜爱的那匹马——"火鸟"由威廉斯饲养，却遭到彭德顿上尉的鄙视和虐待。经过一系列冒险和潜伏跟踪之后，彭德顿对沉默寡言的威廉斯产生了复杂的感情——既爱又恨，直到他发现这个二等兵潜伏到他妻子的卧室时，他才意识到威廉斯的眼中只有他的妻子，于是，他枪杀了这名士兵。

在某些评论家看来，《伤心咖啡馆之歌》比《金色眼睛的映象》更令人满意，因为在这部小说中，麦卡勒斯避开与更擅长心理描写和组织小说情节结构的作家竞争，明智地转向描写一个更适合自己才能发挥的有限的区域。这是个昏暗的、与文明社会隔离开来的南方小镇。咖啡馆的主人艾米莉亚·埃文斯小姐，是一个黑黑的高大女人，骨骼和肌肉长得像个男人，虽稍微有点斜眼，但还算是一个好看的女子。她生性孤僻，对异性爱不感兴趣，曾有过一段为期十天的婚姻。咖啡馆前身是一个经销饲料、谷物等土特产的商店，除此之外，艾米莉亚还拥有一家酿酒厂，因此，她很有钱。她不仅是个强悍的商人，还是一位颇有一点以解除百姓痛苦为志向的巫医。除了喜欢打官司之外，她日子一直过得很平静，直到她30岁那年的春天，生活发生了变化。她爱上了来投靠她的远房表哥雷蒙·威利斯，一个驼背的矮子，患有肺结核的同性恋者。这便验证了麦卡勒斯的一句话："最稀奇古怪的人（the most outlandish people）都能够成为爱的触发剂。"有了爱情，艾米莉亚变得温柔、优雅了许多，而且爱说话了，而作为被爱的雷蒙也变得得意洋洋、神气活现，还有点贵族气。随着人气旺盛，商店逐渐变成了咖啡馆。小镇上的那种怀疑、隔离和怨恨的气氛也逐渐被温暖和友谊的氛围所取代。然而，艾米莉亚对雷蒙的爱并没有得到回报，相反，这个矮子蓄意乞求艾米莉亚的前夫，马文·梅西，一个刑满释放人员的关注，并与其合谋，取走艾米莉亚百宝箱里的所有东西、砸烂她的钢琴和酿酒厂，还企图毒死她，然后一起逃之夭夭。在接下来的几个月里，艾米莉亚任由咖啡馆荒废，也放弃了行医治病，最终成为一个隐居者。小镇又回到从前那种荒凉、死气沉沉的状态。

如果说《伤心咖啡馆之歌》所揭示的人性显得有些神秘，甚至怪诞的话，那么，《婚礼的成员》就容易接近得多，故事也显得更加生动活泼，因此，有评论家认为这是麦卡勒斯最好的作品。《婚礼的成员》共分为三个部分，分别对应青少年成长历程的三个阶段：萌发对生长环境的不满；满怀不切实际的理想；幻灭及对人生局限性的认识。故事的叙述者是主人公弗兰琪·亚当斯。第一部分主要描述弗兰琪感受到的压抑和孤独，连自己的心都仿佛"挤成一团"，因此，她打算离开镇子，到别的地方去，永不回来。这个 12 岁、没有母亲的少女是个行为似男孩的顽皮姑娘。四月以来,她一直被一种朦胧但强烈的不满压得喘不过气来,在炎热的八月,她第一次遭遇少年危机。她感到自己是个孤独的人,不属于任何一个组织的成员。于是,她展开自己丰富的想象力——想到北极熊和冰屋;把贝壳放在耳边就仿佛能听到墨西哥湾的潮汐;想到她的哥哥简维斯和他的新娘简妮丝在冰雪覆盖的教堂里的婚礼。她凭冲动做任何事情,但所做的一切总是错,根本不是她真正想做的。为此,她把自己的美好希望寄托在未来,第一部分结束时,她得意洋洋地宣告,她将成为她哥哥婚礼的成员。

在第二部分,弗兰琪受到新的归属感的鼓舞,发现婚礼前的那天既神奇又独特,似乎对这个世界有了新的认识。她就像一只被释放出来的动物,可以在她此前从未见过的地方游荡。她还自称为弗·简茉莉,当简茉莉在那个难忘的星期六早晨醒来时,她感到她的哥哥和新娘仿佛就睡在她的心底,这使她立刻想起星期天的婚礼。她换掉不合身的衣服,对那套本来就整洁的粉红色的裙子又做了番修饰。她似乎一夜间长大了,第一次理解了她父亲的日常起居,一贯叛逆的她对父亲也有了某种柔情。她还短暂地不再将自己与他人隔离开来,梦想着婚礼结束后远走高飞。

但在第三部分,在试图逃离家庭失败后,她认识到自己此前的梦想有多么幼稚:"婚礼就像一场超乎她能力的梦,或像一台不听她管控也不该有她角色的戏。"按照她表弟约翰·亨利的话来说，"猴子死啦，好戏完啦"。此时，她又被称为弗兰西斯。在婚礼上，她一直想对新郎和新娘说："我太爱你们俩了，你们就是我的'我们'。"可是，她一直没有机会说，最终只是大喊："带上我！"而哥哥和新娘已绝尘而去。事情并没有就此结束，弗兰西斯还是打算离家出走，在给父亲留下一封信后，她竟然鬼使神差地要去"蓝月亮"旅馆见那个被她砸倒在地的士兵，结果被警察抓住没有走成。此时，她觉得，"大世界太遥远，她是不可能再参与其中了。她又回到夏季的忧惧里，回到原先那种与世隔绝的忧惧里——而婚礼败笔使忧惧加速升级为恐惧"。小说结尾，约翰·亨利因脑膜炎死亡，哈尼被捕入狱，而一直在她家当厨子，陪伴她长大的贝拉妮斯也将不再为她家服务了。已经13岁的弗兰西斯似乎比原来的弗兰琪理性了许多，放弃了幻想，也在设法与环境达成某种妥协。但她并没有变得更讨人喜欢，对环境变化她似乎有些麻木——对约翰·亨利的死和贝拉妮斯即将离开她家好像并不关心。失去梦想的弗兰琪与别人已没有什么区别，换个角度来说，她已融入了社会。

总之，《婚礼的成员》情节紧凑——仅集中描写一个12岁的女孩几天里发生的事情；主题特色鲜明——聚焦于主人公的心理变化，紧紧围绕她的梦想与挫败讲述故事。这部小说还常常被归为成长小说之列，但笔者认为，它并不是典型的美国成长小说，因为美国成长小说的结局通常表现为主人公与社会决裂，而不是融合。

麦卡勒斯忍受病痛的折磨，历经10年，艰难地完成了她的最后一部小说——《没有指针的钟》的创作。这部小说虽然聚焦于死亡，但视野显然更为开阔，它将个人的生死、成长与美国南方的种族危机结合在一起。麦卡勒斯对主人公马隆死亡过程的描写可能与她自身的体验有关，因为在她生命的最后阶段，随着健康状况的日益恶化，她不得不时时面对死亡，也难免思考死亡的问题。但她毕竟是个艺术家，死亡主题只是小说的一个方面，她由此生发开来，涉及多重主题。在我看来，这是麦卡勒斯格局最壮阔、最有阐释意义的一部小说。

小说中有四个主要人物：J.T.马隆，40岁的药房老板；马隆的朋友，一个激进的白人至上主义者，84岁的前国会议员福克斯·克兰恩法官；法官的孙子，19岁的约翰·杰斯特·克兰恩，以及一个蓝眼睛的黑人青年舍曼·皮尤。

小说开始时，马隆得知自己患有白血病，他知道自己一定会死，但不知道何时会死，因此，他就像一个看着没有指针的钟的人。马隆素来性格温顺，像头绵羊，任由别人安排他的生活。也许是因为意识到自己即将死亡，他突然产生了顿悟，有了自我认知，觉得自己从来就没有真正地活过。尽管被死亡意识所困扰——他到底什么时候会死，但他还是决心在生命行将结束前的几个月里获得自我，从而使他的人生有某种意义。同样在寻找自我的还有杰斯特——这个小伙子尚未决定他这辈子要干什么。尽管他有许多短暂的兴趣，但他觉得还没有受到任何特定职业的召唤。这种未定的生存状态很可能与他的出身有关。他虽然有显赫的家庭背景，但他对自己的父母一无所知，因为在他来到这个世界之前，他的父亲就已经自杀身亡，而他的母亲也在生产他的时候不幸去世。所以，他一直渴望了解自己的父母，尤其是探寻他父亲自杀的原因，由此小说引出了另一个主题——种族问题。这个问题与舍曼密切相关，这个黑人青年也一直渴望了解自己的身世。舍曼·皮尤是个弃儿，他的姓——皮尤（Pew）——就来自人们发现他时的情形，他被人遗弃在教堂里的一个靠背长椅上，英文中的"pew"就是教堂内靠背长椅的意思。

小说将舍曼父母的身份之谜与杰斯特父亲的自杀之谜嫁接起来，因为杰斯特断断续续从他爷爷——老法官——那里了解到自己父亲的自杀竟然与舍曼父母有关。杰斯特身为律师的父亲约翰爱上了他的一个当事人，一名白人女子——利特尔太太。利特尔太太的黑人情人琼斯因"谋杀"了她的丈夫而受审。约翰为其辩护，试图说服陪审团，琼斯杀人属于自卫，事实也是如此，但这次由老法官主持的审判被证明是对司法和正义的嘲弄——无辜的黑人最终被绞死。在法庭上，利特尔太太拒绝对琼斯作不利的证明，因输了官司，她在审判后不久就死于分娩，临终之时，她诅咒杰斯特的父亲。辩护失败、审判不公、爱情受挫以及当事人的死亡，这一切令约翰极其沮丧而愤怒，于是，他开枪自杀。而舍曼·皮尤就是利特尔太太与黑人琼斯的儿子。

杰斯特终于了解到老法官与其儿子约翰——杰斯特的父亲——在种族问题上意见相左，在这方面，杰斯特也与一手将其抚养长大的爷爷针锋相对。杰斯特天生就具有开明的思想，在得知社会不公是造成他父亲人生悲剧的部分原因之后，他的进步思想得到了进一步强化。于是，他决定子承父业，也当一名律师，完成父亲的未竟事业。父亲的遭遇以及他自己的亲身经历教育了杰斯特，使他找到了人生的方向。而舍曼就没有他这么幸运了，尽管他最终也破解了自己的身世之谜，但他无意，也不可能被白人社会所接纳，而是决定以行动与种族主义社会抗争。于是，他不断挑衅白人社会，最终选择以搬进白人居住区的行为来表达对种族隔离的不屑。在得知白人种族主义者要因此轰炸舍曼的房子后，杰斯特多次警告他，但他拒绝逃离，结果被炸死在自己租住的房子里。这次恐怖袭击事件也涉及马隆，因为在抽签决定谁去炸舍曼的房子时，这个签不幸正好被马隆抽中了，但他拒绝去执行这项"任务"。一辈子都在听命于人的马隆这次似乎也找到了自我，尽管事后不久他就因病而死，但他得到了些许安慰，因为他毕竟自主作了一次道德选择，也算为自己活过一回。在麦卡勒斯的这部绝笔之作中，寻找自我成了突出的主题，但视域更为宽广，因为除了死亡这一文学中的永恒主题之外，《没有指针的钟》还涉及个体的成长、种族主义以及与此相关的道德选择等。

这套美国文库版《麦卡勒斯文集》首次完整地收录了麦卡勒斯20部优秀的短篇小说，集成《麦卡勒斯短篇小说全集》。其中，除了令人难忘的故事《泽伦斯基夫人和芬兰国王》和《树·石·云》等之外，还收录了她以前没有被收录的有关民权运动的故事《游行示威》。

麦卡勒斯的短篇小说同样写得精彩，也涉及其长篇小说中常见的主题：孤独、种族歧视以及人与人之间微妙的感情等，而且似乎在不经意间往往能给读者带来意想不到的启发。例如，在《傻子》中，16岁的叙述者就得出了一个发人深省的"真理"："如果一个人很崇拜你，你会鄙视他，不在乎他——然而，正是对那个根本不注意你的人，你却往往很崇拜。"短篇小说中有不少关涉少年成长的主题，也就是我们常说的成长小说中涉及的问题——青春期的躁动、莫名的惆怅和孤独等。其中有关逃离这一美国文学中的常见主题尤其引人注目。例如，在《无题》中，叙述者就说道："每个人都有想出逃的时候——无论跟家里人相处得有多好。他们都觉得不得不逃离，因为他们曾经做过某事，或是因为他们想做某事，又或许因为他们根本不知道究竟是什么的理由。也许这是某种渐渐产生的渴望，让他们觉得必须出去，去寻找某种东西。"这种逃离的冲动既有人对环境不满的诱因，又有对未来充满幻想的成长因素。《无题》对少年的性萌动描写得细致而含蓄，当主人公安德鲁夜晚独自行走在寂静而偏僻的地方时，某种陌生的声音总令他不安："有时候，它听似一个女孩子的笑声——温柔地笑个不停。而有时，它却是一个男人在黑暗处的呻吟。这声音就如同音乐，只是没有固定的形式——它让他驻足倾听，而后颤抖，这跟一首歌的效果一样。当他回家睡下之后，这个声音仍然挥之不去；他会在黑暗中辗转反侧，僵硬的四肢互相摩擦，因为他无法得到片刻的安宁。"可能正因为这种情境的触动，使他对家里的女厨子维塔利斯产生了欲望，每当他回家看到她时，他都会说"我饿了"这三个字，即便刚吃饱了也一样。于是，"看着维塔利斯就跟吃东西一样愉快，他的目光总是围着她转"。维塔利斯的理解是："你就是想有件事可做才吃东西的，因为你不知道有什么其他的事情可做。"这里的"饿"显然暗示的是性饥渴。终于有一天，当17岁的安德鲁在维塔利斯家见到她时，"他感觉到自己再一次听到了他在深夜的时候曾经在这条街上听到的那种奇怪的声音"。于是，他们之间发生了"一直在心底蓄势待发"的那种事。事后，他前往"佐治亚州某个较大城市"，一别三年后，他在返乡途中，在南方某个不知道名字的镇子的车站餐厅里回忆了以前所发生的事情。麦卡勒斯的这类小说写得感情细腻，但让人有种不确定感。

值得一提的是，这部短篇小说集还首次收录了麦卡勒斯的《游行示威》，这使读者能够从短篇小说的角度更全面地了解这位作家的创作，也为全面研究麦卡勒斯提供了难得的文本资料。

《游行示威》讲述的是因一座黑人教堂——希尔顿锡安教堂——被炸引发的一场游行示威。游行队伍从锡安第一浸信会教堂出发前往亚特兰大请愿。一路上，自由请愿者既得到部分人的支持，也受到一些人的嘲弄，还遭遇了三K党徒的威胁。在离亚特兰大还很远的时候，他们就遭到了警察催泪弹的袭击，在离目的地尚有三英里远的花枝镇，全体请愿者遭到警察的逮捕，不过，在狱中关了一夜后，他们就被放了出来。出狱后，他们高唱"我们一定会胜利"，继续向亚特兰大进发。这个故事比较真实地反映了20世纪中期美国种族矛盾的现实。其实，麦卡勒斯的小说中常有种族歧视的情节，以《没有指针的钟》为甚，但在短篇小说中，《游行示威》是唯一一篇专门描写种族歧视和民权运动的小说。但正如小说最后所说的，"这不是一次可以……改变历史的游行示威，甚至都算不上是一次民权运动。可参与的每一个人身上都发生了变化"。小说以白人青年吉姆·格雷参加游行为中心：他从家乡止水村出发，跟随游行队伍一直走到一百英里以外的亚特兰大州议会大厦。一路上，他与同样来参加游行的黑人青年奥德姆·威尔逊经历了由生疏到结下友谊的过程，还穿插了他与校友珍妮特·卡尔佩伯之间的爱情故事，以及他的高中英语老师罗莎·卡尔佩伯与圣公会牧师乔治·汤普森之间闪电般的爱情和求婚过程。总之，正如小说的叙述者所说的，"参与的每一个人身上都发生了变化"。

麦卡勒斯的短篇小说涉及的主题同样广泛，但往往会选择从一个青少年的眼光来打量成人世界。

麦卡勒斯是个备受争议的作家，争议始于她 1940 年发表的《心是孤独的猎手》，并伴随着她的整个创作生涯。争议者大致可分为两个阵营：批评主要来自职业书评家，而赞誉则来自小说家和文学批评家。这或许说明，麦卡勒斯属于那种"作家的作家"（writers'writer）之类，其作品不容易立刻对读者产生亲和力，因为从某种意义上说，她的小说不是用来愉悦读者的，而是要教育读者。但她的"教育"并非简单的说教，而多采用微言大义的写法，向读者展示人性和人的心灵，她对事物，尤其是对人性，有一种很特别的感悟力。可以说，麦卡勒斯独特的感悟能力是她的个性，也是她作为艺术家独创性的表现，而这两个方面均集中表现在她对人性的深刻揭示和对人的灵魂的拷问。

麦卡勒斯独特的悟性和新颖的表现手法决定了她的作品需要阐释和细心体悟，方能领会其妙处，因此，读者不仅要有一定文学方面的知识储备，还要有人生经历的积淀，并能在阅读时调用自己心灵深处那些微妙的人生体验。例如，在《婚礼的成员》中那个12岁的弗兰琪常常感到浑身不自在，她不知道自己身上到底发生了什么，但她能感觉到自己的心受到挤压，觉得"世界很小"。其实，这是接近青春期的少女生理和心理上发生的微妙变化，但作者并不明言，而是让读者自己去细心体会，同时也给读者造成一种阅读期待，随着小说呈现越来越多的细节，读者才会慢慢地领悟到主人公内心世界的变化及其成因。弗兰琪在12岁零10个月的时候，她的身高已达到五英尺五又四分之三英寸，此时，她非常担心自己会成为一个"怪胎"。当父亲说她都12岁了，不能再跟他一起睡觉的时候，她开始对父亲有些"怨恨"。所有这些都是她青春期的烦恼，而这些烦恼必然与性有关。于是，麻烦就开始了，她与一个叫巴尼·麦基恩的小伙子在他家车库里犯了"一宗怪诞的罪孽"，这种罪到底坏到什么程度，她并不知道，只是感到恶心，恨不得要杀了巴尼。所以，当她的哥哥带着新娘回家宣布将要结婚时，想到他们就会给她痛苦的感觉，这时弗兰琪可能联想到她与巴尼犯下的"罪孽"，于是，她问贝拉妮斯和第一个丈夫结婚时多大年纪，得知她13岁就结婚了，弗兰琪不明白她为什么这么年轻就结婚。显然，弗兰琪是因为她与巴尼的那种事情使她想起了婚姻的问题。读者这时才会明白，为什么小说一开始她对婚姻这件事感到迷惑："真奇怪……就这么发生了。"作者就是如此细致地描述主人公的感受，逐渐交代事情原委的。

从探索人的心灵出发，麦卡勒斯的小说着重描写人的孤独——孤独造成人的压抑和怪异行为，以及突破孤独的爱的力量。

麦卡勒斯小说中的人物多半是孤独的，故事多涉及因缺乏与他人的亲密关系或交往而造成的孤独感。《婚礼的成员》开篇就说，12岁的主人公弗兰琪就已经很久不是一个成员了，"她既不归属于任何团体，也不是任何成员。弗兰琪孤零零的一个人，在家门口晃荡，她内心惶惶"。整部小说读起来就仿佛是在听弗兰琪对一个不存在的上帝诉说自己的孤独感及由此带来的苦痛。这个"徘徊在门廊之间"的少女总是处于入口处，从来就不是真正地在里面，也不是真正地在外面。《金色眼睛的映象》中的彭德顿上尉是个同性恋、施虐狂、瘾君子和有盗窃癖的人，但更重要的是，他是个精神孤独者，甚至可以说，正是由于孤独才造成了他的上述怪异行为。《伤心咖啡馆之歌》是麦卡勒斯作品中最悲伤的，其中，有关精神孤独和爱的本质及其作用得到更充分的展示和处理。因此，从纯粹讽喻或寓言的角度来说，《伤心咖啡馆之歌》是麦卡勒斯最成功的小说，欧文·豪称之为"美国人创作的最优秀的小说之一"。[1]

麦卡勒斯的小说还将孤独与人的身份追寻联系起来：失去身份就会产生孤独感。杰斯特、舍曼在探寻自己身世时感到无比孤独，因此，他们都渴望与他人建立某种联系，而建立联系的最佳方式就是爱，理想的爱。杰斯特缺乏父母的爱，又不爱他的爷爷——他在这个世界上唯一的亲人，于是对舍曼产生了一种畸形的情愫，而舍曼因为从来没有享受过母爱，他总是想象自己的母亲就是玛丽安·安德森——美国黑人女低音歌唱大师，20世纪著名的歌唱家。《婚礼的成员》中的弗兰琪由于不属于任何一个团体，也不屑依附于任何一个特定的人，因此，她渴望的是"我的我们"（the we of me）。

麦卡勒斯似乎认为，摆脱精神孤独仰赖的是爱的力量。在她看来，孤独的原因之一在于人们缺乏交流，而通常的语言交流往往是不成功的，只有通过爱这种理想的交流方式，人才有可能达到目的。在《心是孤独的猎手》中，她形象化地表达了这一观点。在这部小说中，主人公约翰·辛格是个聋哑人，但这一缺陷并没有妨碍他对爱的体验，在小说中所描绘的爱中，这是唯一令人满意的，而这种爱的满足恰恰是

---

[1]　Irving Howe, *New York Times Book Review*, September 17, 1961.

因为它不是通过语言表达而获得的。当然，这种满意或满足也只是相对而言，因为辛格的爱并没有得到对方——斯皮罗斯·安东尼帕罗斯，一个"神情恍惚的希腊人"——的回报，而且他不久就死了。因此，小说传递了一个悲观的讯息，那便是，虽然爱是将两个男人连接起来的唯一力量，但爱绝非完全是双向的，而且受制于时间，随着爱恋对象的死亡而衰减。唯一的安慰就是在爱存续期间，它对施爱方有益，使他能够短暂地排解孤独，从而得到慰藉。[①]

　　可悲的是，麦卡勒斯小说中的爱仿佛都得不到回报，都是无望之爱。《没有指针的钟》中的杰斯特暗恋舍曼，后者毫无感觉，还经常折磨他；马隆的女儿埃伦爱杰斯特，杰斯特几乎都不知道她的存在；舍曼崇拜他的房东，黑人齐普·马林斯，换来的只是齐普的虐待；杰斯特的父亲约翰爱上了利特尔太太，但得到的只是她临终前的诅咒；《心是孤独的猎手》中约翰·辛格的爱也没有得到斯皮罗斯·安东尼帕罗斯的回报；《金色眼睛的映象》中的彭德顿上尉暗恋二等兵威廉斯，威廉斯对此丝毫没有察觉；艾莉森·兰登与阿纳克莱托——兰登夫妇的菲律宾籍用人之间的关系也一样；《伤心咖啡馆之歌》中的艾米莉亚更不用说，她对其表哥雷蒙·威利斯的爱不仅没有得到回报还被他害得几乎一无所

---

①　Oliver Evans, "The Achievement of Carson McCullers", *The English Journal*, 51.5 (May, 1962), p. 303.

有。因此，作者对爱得出了极其悲观的结论：

> 存在恋爱的人和被爱的人，这两类人是全然不同的。通常来说，被爱的那个仅仅是激发体，把恋爱的那个长久积压于心底的、沉默的爱情激发了起来。……因此，任何爱情的价值和性质完全取决于这恋爱的人自己。

> 正是因为这个道理，我们绝大多数人更愿意恋爱而不是被爱。几乎每个人都想做恋爱的那个人。道理很简单，许多人嘴上不说，内心却是这么觉得，处于被爱的地位是不堪忍受的。被爱的人对恋爱的人是既怕又恨，是有最充分理由的。因为恋爱的人永远只想将那被爱的人剥个赤膊精光，让他暴露无遗。恋爱的人猴急地渴望与被爱的人发展任何一种可能的关系，哪怕这种经历给他带来的只有痛苦。

由此我们可以看出麦卡勒斯笔下的人物有一个突出的悲剧性格特征：他们往往将爱施与那些不可能接受他们爱欲的人。这使得她的作品总是散发着一股怪诞和异常的味道，仿佛非此就不是她的风格。如《金色眼睛的映象》中的彭德顿上尉居然迷恋他的妻子莉奥诺拉的情人——兰登少校以及常常趁夜色潜入他妻子卧室的二等兵威廉斯，《没有指针的钟》中老法官的孙子约翰·杰斯特·克兰恩始终对黑人男孩舍曼·皮尤有一种得不到回报的情愫等等。在威廉·巴特勒·叶芝的诗歌《为我女儿祈祷》(*Prayer for My Daughter*, 1919) 中，他提及女性在选择情人时的一种妙不可言的矛盾现象："毫无疑问，可敬的好女人/就着肉吃沙拉古怪迷人/丰饶角就此尽毁。"就爱情而言，麦卡勒斯小说中的许多人物吃的就是这种"古怪的沙拉"(crazy salad)，尤以《伤心咖啡馆之歌》为甚，其中每一对情人都极不般配——丑的与美的，女继承人与罪犯，侏儒般的男人与高大强壮的女人。小说似乎表明，激情是人类最持久、最不可思议的一个谜。爱人者的选择往往是随心所欲、令人难以置信的，但一旦相爱，就爱得持久而坚定，令人称奇，如艾米莉亚对雷蒙的爱，辛格对安东尼帕罗斯的爱。而且，爱既能迫使人屈服，也能使人温柔。例如，艾米莉亚爱上雷蒙后性情大改，不再急躁，也很少跟人打官司了，连恶棍梅西自从迷上艾米莉亚后在礼仪和行为上都有所改善。但爱也能令人毫无防备，爱人者往往会遭遇断然拒绝或背叛，甚至遭到攻击，如梅西婚后遭遇艾米莉亚冷漠的拒斥，艾米莉亚遭到雷蒙的背叛和攻击等。

在麦卡勒斯苦心经营的异化世界里，在她着力描述的孤独的人物背后，我们仿佛看到一个渴望温暖和柔情的麦卡勒斯。正如现实中的麦卡勒斯一样，她总是以眼睛来传达一种亲密感，虽不是实际上的身体接触，但在眸子里折射的是灵魂的交流。^①可以说，《心是孤独的猎手》中的米克·凯利就是麦卡勒斯的替身，这个 12 岁女孩的性格就是麦卡勒斯自己那个时候性格的生动体现；《婚礼的成员》中的弗兰琪·亚当斯也是自传式的主人公。所以，麦卡勒斯说："我成了我书写的人物，我感谢拉丁语诗人特伦斯，他说道：'凡是显示人性的没有什么与我不相容。'(Nothing human is alien to me.)"这就是麦卡勒斯的"美学信条"和她的"小说艺术"。^②她所刻画的人物虽然显得怪诞，但却深刻地揭示了人性。

　　总体而言，麦卡勒斯更擅长在有限的范围内集中描写小人物或边缘人物，刻画他们的性格特点和心理变化。如《婚礼的成员》主要写一个 12 岁女孩的欢乐和苦恼；《伤心咖啡馆之歌》聚焦于主人公艾米莉亚·埃文斯小姐的命运变化。这些故事虽然格局不算高大，但往往写得感人。而她在写较为复杂的故事时则常被认为技术不够娴熟，如《金色眼睛的映象》中有关谋杀的描写显得不够自然，《心是孤独的猎手》的结尾就有点机械。很显然，麦卡勒斯一直在试图拓宽她的视野，她经过 10 年艰难的创作铸就的最后一部小说——《没

---

① Virginia Spencer Carr, *The Lonely Hunter: A Biography of Carson McCullers*, New York: Carroll and Graf Publishers, Inc., 1985, p. 296.

② Harold Bloom, "Introduction", in Harold Bloom, ed., *Bloom's Modern Critical Views: Carson McCullers* (New Edition), New York: Infobase Publishing, 2009, p. 1.

有指针的钟》便是明证。这部小说力图将一个受到癌症威胁的濒死之人的生存危机与南方受到种族主义困扰的社会危机联系起来，将一个以自我为中心的小世界镶嵌在一个广阔的社会图景之中，格调更高、视野更开阔。但这样的努力并没有获得批评家应有的赏识，反而遭到诟病，尤其是在小说出版之初。譬如，有人认为，由于她当时病重，这种写法与她的天性相悖，因此，小说在心理直觉的描写和文化分析上显得捉襟见肘。[①]但公允地说，小说以主人公马隆得知自己身患绝症开始，到他最后死亡结束，以"等死"为线索，为故事提供架构，将小说中的其他几个与死亡有关的主题连接在一起，显示了作者较高的驾驭能力。而且，小说既有细腻的心理描写，也有深刻的社会和文化分析，其中还穿插了有据可考的历史事实，因此并非像早期论者所说的那样单薄。

从有关麦卡勒斯的研究现状来看，社会语境的变化给麦卡勒斯的作品带来了新的批评视角和跨学科的研究方法。譬如，在对待同性恋这个主题上，传统的研究方法通常采用的是传记式的批评，将小说中的同性恋描写与麦卡勒斯自己的同性恋倾向联系起来。但在 21 世纪，人们越来越关注人类与环境之间的相互作用以及人与动物之间的关系。于是，研

[①] Lawrence Graver, *University of Minnesota Pamphlets on American Writers: Carson McCullers*, Minneapolis: University of Minnesota Press, 1969, p. 42.

究者便对诸如《金色眼睛的映象》这样的小说展开酷儿—后人文主义研究，在酷儿解读的基础上增加了后人文主义的透镜，将小说中人类和非人类身体的重要性置于同等重要的地位。小说中那匹叫作"火鸟"的马被列为悲剧的"参与者"，它对人类主人公的自我认知发挥了重要作用，从而瓦解了人与非人这对二元对立。从这个角度来看，彭德顿上尉的虐马行为，一方面表现为他试图恢复自己对同性恋倾向的控制，另一方面也显示了他维持人与动物之间等级区分的企图，这样，他对动物的压制就与他对自己同性恋倾向的抑制联系了起来。这种新的批评视角和方法是对过去的观点——诸如，《金色眼睛的映象》真实地洞悉了性反常，但只随意描写了一系列俗艳、夸张的插曲，令人震惊，但没有启发，更没有连成一个更大的情节模式或意义①——的一种反拨。

早在 1961 年，戈尔·维达尔就断言："在所有的南方作家中，[麦卡勒斯] 是最有可能历久弥新的"。②事实证明，麦卡勒斯的作品至今没有褪色，鉴于她小说中所涉及的问题与当下社会问题密切相关，我们有理由相信，她的艺术之花在将来也不会凋萎。

---

① Lawrence Graver, *University of Minnesota Pamphlets on American Writers: Carson McCullers*, Minneapolis: University of Minnesota Press, 1969, p. 24.
② Casey Kayser Fayetteville, Alison Graham-Bertolini, "Preface", in Alison Graham-Bertolini, Casey Kayser, eds., *Carson McCullers in the Twenty-First Century*, Cham: Palgrave Macmillan, 2016, p. xiii.

关于麦卡勒斯其人其作有谈不尽的话题，我还是就此搁笔，让读者诸君尽早进入麦卡勒斯那略显怪异，却迷人而发人深省的艺术世界吧！是为序。

2019 年 10 月于松江大学城

目　录

001　第一部

061　第二部

181　第三部

第一部

　　是弗兰琪十二岁那个青绿而疯狂的夏季的事。这个夏季，弗兰琪游离于任何团体之外已经很久。在世界上，她既不归属任何团体，也不是任何成员。弗兰琪孤零零一人，在人家门前晃荡，她内心惶惶。六月里树是亮得头晕目眩的碧绿，可过了些日子，在太阳的光焰下，木叶深了，小镇黯了，蔫了。刚开始弗兰琪晃东晃西，干干这碰碰那。清早和夜晚，小镇的人行道灰扑扑，可正午骄阳给它们上了一层釉，水泥路烧起来，玻璃般亮晃晃。人行道最终是烫得不行，叫弗兰琪的脚消受不了，还有就是她给自己惹了麻烦。她缠在太多只有自己肚里清楚的麻烦里，所以她想还不如待在家更好——家里只有贝拉妮斯·萨迪·布朗和约翰·亨利·韦斯特。他们三个坐在厨房餐桌旁，一遍又一遍说着同样的话，于是到八月，那些词语开始彼此成韵，有板有眼，听上去够古怪。每天下午世界好像死了似的，没一件东西再会动。到了最后，夏天仿佛一场幽绿的梦魇，或者如玻璃暖房里一片无声的狂林。然而，八月底的那个礼拜五，这一切统统改变了：改变来得突兀，突兀得弗兰琪一整个空荡荡的下午都在纳闷，可到头来她还是想不通。

"真是非常怪，"她说，"就这样发生了。"

"发生了？发生了？"贝拉妮斯说。

约翰·亨利听着，望着她们，不吱声。

"我从来没这么纳闷过。"

"可纳闷什么？"

"整件事。"弗兰琪说。

贝拉妮斯发表高见了："我看是太阳烤饼了你脑瓜吧。"

"我看也是。"约翰·亨利嘀咕道。

弗兰琪自己几乎也要这么承认了。这是下午四点光景，厨房黯淡，灰色，寂静。弗兰琪坐在桌边，双眸半合，念想着一场婚礼。她看见一座沉寂的教堂，异乡下着雪，斜斜地拍击彩色玻璃窗。婚礼中的新郎是她哥哥，该是面孔的地方却是白晃晃一片。新娘曳着白长裙，而这新娘也没面孔。这场婚礼有什么地方给弗兰琪一种说不明白的感觉。

"瞧着我，"贝拉妮斯说，"你嫉妒了？"

"嫉妒？"

"你哥哥要结婚，你就嫉妒了？"

"没有，"弗兰琪说，"只是我从来没见过像他们俩这样的一对儿。今天看他们走进宅子，太奇怪了。"

"你嫉妒了，"贝拉妮斯说，"去，去照照镜子。从你眼睛的颜色上我就看得出。"

水池上方挂着一面走样的厨房镜子。弗兰琪照了照，可她眼睛向来就是这种灰色。这个夏天，她的个头蹿得很高，高得几乎成个大怪胎，而她的肩细窄，腿又太长。她穿着深蓝色短裤，一件 BVD 男式汗衫，光着脚丫。她的头发剪得像个男孩，才剪没多少日子，短得还没能分路。镜中的映象扭曲，不过弗兰琪是很知道自己长什么模样的；她耸起左肩，又歪歪脑袋。

"哦，"她说，"他们俩是我见过的最漂亮的人。我只不过纳闷是怎么发生的。"

"可纳闷什么？傻丫头？"贝拉妮斯说，"你哥哥带着他想娶的姑娘上门，跟你和你爹爹一起吃了顿正餐。他们打算这礼拜天在冬岭她家成婚。你和你爹爹要去参加婚礼。就这么回事。哪里叫你不好受了呢？"

"我不知道，"弗兰琪说，"我敢打赌他们每天每分钟都很快乐。"

"那让咱①也来乐乐。"约翰·亨利道。

"我们来乐乐？"弗兰琪发问，"我们？"

---

① 原文为 less us have a good time，也许约翰·亨利童牙漏风，也许受贝拉妮斯语言习惯的影响，碰上 let us 他总是错误地说 less us。

他们三人又在桌边重新坐下，贝拉妮斯发牌，打起三缺一桥牌来。从弗兰琪记事起，贝拉妮斯就一直是家中厨娘。她黝黑，宽肩，矮个。她总说自己三十五岁，不过这话她至少已经说了三年。她头发分路，编着辫子抹了油膏，紧贴着头皮，她长着一张平和的扁脸。贝拉妮斯身上只有一处不对头——她左眼是一颗浅蓝玻璃。它从她平和的黑脸上定定地、极不协调地朝外瞪着，她为什么要一碧眼，天下没人搞得懂。她的右眼是黑的，哀伤的。贝拉妮斯缓慢地发着牌，碰上纸牌因汗渍粘在一起，她就舔一舔拇指。约翰·亨利眼睛紧盯着每一张发出来的牌不放。他的小胸脯光裸着，白白的，汗漉漉的，脖上吊着细绳拴着一头小铅驴。他和弗兰琪是嫡亲堂姐弟，整个夏天，他和她不是同吃正餐一起混白天，就是同吃晚饭一起过夜；她没法打发他回家。就一个六岁孩子来说，他长得算小的，不过他有两只弗兰琪见过的最大的膝盖，总有一只老结着痂或粘着护创贴，是他自己跌跤擦破了皮给弄的。约翰·亨利长了一张白白的小脸，眉头紧锁，架了一副金丝边小眼镜。所有的牌他都一概紧盯着仔细看，因为他正亏欠着；他欠贝拉妮斯五百多万。

"我叫一红心。"贝拉妮斯说。

"一黑桃。"弗兰琪说。

"我想叫黑桃，"约翰·亨利说，"我正要叫黑桃。"

"嗯，算你倒霉。我先叫。"

"喔，你傻瓜蛋，"他说，"不公平。"

"别吵，"贝拉妮斯说，"说实在的，我看你俩谁的手气都不怎么样，都叫不响。我叫二红心。"

"我才没兴趣吵呢，"弗兰琪说，"区区小事不足挂齿。"

实际上的确如此：她在那天下午打桥牌，就像约翰·亨利，碰上什么就出什么。他们一起坐在厨房里，厨房是一间压抑沉闷的陋屋，约翰·亨利在厨房墙壁他能够到的地方都画满了稀奇古怪的儿童涂鸦。这给厨房添了一片乱，就好像疯人院里的一间屋。眼下厨房惹得弗兰琪心烦。在她身上到底发生了什么，弗兰琪说不明白，不过她能感觉到自己那颗缩紧的心，咚咚咚，击打着桌沿。

"世界真的哩①是个很小的地方。"她说。

"为什么这么讲?"

"我的意思是变得很快，"弗兰琪道，"世界真的哩是个变得很快的地方。"

"我说不好，"贝拉妮斯说，"有时快有时慢。"

弗兰琪双目半闭，从自己耳朵听来，她的声音不平稳，而且很远：

"我觉得变得很快。"

---

① 原文为 certainy，应为 certainly。是贝拉妮斯的语言习惯，弗兰琪受贝拉妮斯语言习惯的影响，也常常这样说话。

因为即便是昨天，弗兰琪也都没认真想到过一场婚礼。她知道她唯一的哥哥，简维斯，会结婚。他去阿拉斯加之前和冬岭的一位姑娘定了亲。简维斯在部队里是下士，去阿拉斯加快两年了。弗兰琪已经很久很久没见到哥哥，他的脸仿佛蒙了一层东西，变幻来变幻去，好像一张沉在水底的脸。可是阿拉斯加！弗兰琪倒是常常梦到，尤其是这个夏天，太逼真了。她看见白雪，还有冰海，冰川。爱斯基摩人的冰屋、北极熊和美丽极光。简维斯刚去阿拉斯加时，她寄给他一盒自己手工做的乳脂软糖，每一块都用蜡纸分开裹起来，细细心心包好。一想到她的乳脂软糖会在阿拉斯加被吃掉，她就禁不住心旌荡漾，她似乎还看到哥哥将她的奶糖在穿皮毛的爱斯基摩人之间传来传去的情景呢。三个月之后，简维斯写来一封感谢信，还夹着一张五块钱的钞票。有一段日子，她几乎每个礼拜都会寄糖果过去，有时是奶油蛋白软糖，有时是乳脂软糖，可简维斯没再寄钱给她了，除了圣诞节。有时他给她父亲的短信叫她心中略为不安。比如，今年夏天他提到他在游泳，还提到蚊子有时很凶。这信搅乱了她的梦，可恍惚了几日之后，她又回到自己的冰海和白雪里。简维斯从阿拉斯加回家时，他却径直往冬岭去了。新娘名叫简妮丝·埃文斯，婚礼是这样安排的：她哥哥发电报来说他和新娘礼拜五回家待一天，接下来的礼拜天就在冬岭举行婚礼。弗兰琪和她父亲会走近一百英里远的路去冬岭，参加婚礼，弗兰琪已打点好一只行李箱。她期待着哥哥和他的新娘来家的这天，可她没在心里去多想他们的模样，也没多想那场婚礼。所以在归家省亲的前一天，她只是对贝拉妮斯这么说：

"我觉得这是个离奇的巧合，简维斯要去阿拉斯加，而他挑选的新娘偏偏来自一个叫冬岭的地方。冬岭。"她慢吞吞地重复着，闭着眼睛，这地名就这样融入了关于阿拉斯加和寒雪的梦境，"我但愿明天是礼拜天，而不是礼拜五。我但愿我已经离开了这小镇。"

"礼拜天会来的。"贝拉妮斯说。

"我怀疑，"弗兰琪说，"我早就准备离开这小镇了。我但愿婚礼之后我不要再回来。我但愿从此远走他乡。我但愿有一百块钱，可以拔腿就走，永远不要再看见这小镇。"

"我觉得你有许许多多心愿哪。"贝拉妮斯说。

"但愿我是别人，不是我自己。"

这事发生前的那个下午跟八月的其他下午一样。弗兰琪就在厨房里消磨时间，天快黑下去时，她出门去了院子。宅背后的龙珠葡萄藤棚在薄暮里紫影绰绰的，她慢吞吞地走来走去，而约翰·亨利·韦斯特则坐在葡萄棚下的一把柳条椅里，两腿绞着，手插兜里。

"你在干吗？"她问。

"我在想。"

"想什么？"

他不回答。

这个夏天，弗兰琪长得太高，已经不能像从前她喜欢的那样在葡萄棚下跑来跑去了。可其他十二岁的人照样还可以在棚下钻进钻出，演戏，嬉耍玩乐。哪怕小个子的成年女人都能在葡萄棚下走动自如呢。可弗兰琪已经长得太高：今年她不得不像大人那样绕葡萄棚旁走动，从边上采摘葡萄。她朝缠结、幽暗的藤蔓望进去，空气里弥漫了压碎的龙珠葡萄和尘土的气息。站在葡萄棚旁，夜色逐渐浓暗，弗兰琪心里怕起来。她不知道是什么叫她怕，但是她怕。

"我跟你说，"她道，"你和我一起吃晚饭过夜吧。"

约翰·亨利从衣袋里摸出那只一块钱手表看着，好像表上时间会决定他是去是留，可藤蔓底下光线太暗，看不清上面的数字。

"回家去跟裴特姑姑说一声。我在厨房等你。"

"好吧。"

她怕。傍晚的天空是惨淡的，空落的，厨房窗户里的灯在黑下来的院落里投下一方苍黄的光影。她记得小时候相信煤炭房里住着三只鬼，其中一只还戴了银戒指。

她跑上后台阶，说："我刚才请约翰·亨利和我一起吃晚饭过夜。"

贝拉妮斯正在揉一团做软饼的生面团，她将面团朝撒了面粉的桌上一扔。"我还以为你腻烦他了呢。"

"我是腻烦他了，"弗兰琪说，"可我觉得他好像很怕。"

"怕什么？"

弗兰琪摇摇头。"我的意思也许是孤单。"最后她说。

"那好，我留一小块面团给他。"

从黑下来的院子回进屋来，厨房是热烘烘的，亮的，异样的。厨墙惹弗兰琪心烦——那些稀奇古怪的涂鸦：圣诞树、飞机、长得歪瓜裂枣的士兵、花朵。六月里一个长得没底的下午，约翰·亨利开始动手画第一幅图画，既然墙壁已被糟蹋，他索性继续糟蹋下去，什么时候想画就画。弗兰琪有时也涂几笔。一开始她父亲看到厨房的墙很恼火，可后来他说那就让他们把脑瓜里所有东西统统画出来吧，到秋天他会叫人把厨房的墙粉刷一下。可是夏天还在延续，还没穷尽，厨房的墙却已经开始惹弗兰琪心烦了。那天傍晚，她觉得厨房显得异样，她怕。

她站在门口，说："我只是想我还是请他来为好。"

所以天黑后，约翰·亨利提着一只周末小包裹来到后门口。他穿上了自己那套白色演出服，脚上袜鞋俱全。皮带上还别着一柄匕首。约翰·亨利见过雪。虽说他只有六岁，可去年他去了伯明翰，他在那里见到了雪。弗兰琪还从来没见过雪呢。

"我来提你的周末包裹，"弗兰琪说，"你这就可以去动手捏个小面人。"

"行。"

约翰·亨利没玩过面团，他把捏小面人看成一件正儿八经的大事业在做着。他时不时打住，小手扶一扶眼镜，端详手下活计。他就像个小钟表匠，他拉过椅子跪在上面，这样一来干起活来就顺当多了。贝拉妮斯给了他一些葡萄干，他不像别人家孩子那样把葡萄干到处乱撒，而只是拿了两粒当眼睛，可他立即意识到它们太大——便小心翼翼地将一粒葡萄干分作几瓣，两点眼睛，两点鼻子，一弯咧着的葡萄干小嘴巴。做完了，他两只手便在短裤后屁股上揩了揩，面前是一个小面人，有分开的手指头，戴了一顶帽子，甚至还提一根拐杖呢。约翰·亨利捏得实在太卖力，把面团捏得湿搭搭、灰乎乎。不过倒捏出个棒极了的小面人，说老实话，它让弗兰琪觉得就是约翰·亨利自己。

"现在该我来陪你玩了。"弗兰琪说。

他们一起和贝拉妮斯在厨房餐桌上吃了晚饭，因为她父亲打电话来说他在珠宝行有活儿要干，得晚些回家。贝拉妮斯从烤炉里端出小面人时，他们看见它就跟任何其他孩子捏出来的小面人一模一样——它发了起来，约翰·亨利的杰作一烤就烤没了，手指黏糊在一起，拐杖像一条尾巴。约翰·亨利透过眼镜片朝它看，用餐巾擦擦它，然后往它左脚抹上些黄油。

是一个漆黑、燠热的八月之夜。餐厅里的收音机同时响着好几个电台：报道战争的声音串在一段听不清楚的广告里，背后还传出一个轻音乐队低俗的音乐。整个夏天收音机一直开着，最后，它基本上就成了一种他们不再注意的声音了。碰上有时候噪音实在太大，吵得他们耳朵消受不了，弗兰琪会将音量稍许拧小些。除此之外，乐声与人语相互穿梭，彼此纠缠，时来时去，自行其是，到了八月，谁也不再理会它了。

"你想玩什么呢？"弗兰琪问道，"你想让我给你念一段《汉斯·布林克尔》①，还是别的什么？"

"我想玩别的。"他说。

"什么？"

"让咱上外面玩去。"

"我不想去。"弗兰琪说。

"今晚外面有一大伙人在玩呢。"

"你有耳朵，"弗兰琪说，"你听见我的话了。"

约翰·亨利锁着两只大膝盖骨站在那里，末了，他说："我觉得我还是回家的好。"

"嗨，你还没过夜呢！你可不能这样吃了晚饭就走人。"

---

① 美国女作家玛丽·梅普斯、道奇青少年文学经典之作，讲述了荷兰少年汉斯·布林克尔的故事。

"我知道的。"他轻声说。穿插在收音机的噪音里，他们听见夜里玩耍着的孩子们的声音。"那让咱上外面玩去，弗兰琪。听起来他们玩得快活极了。"

"没有，他们并没有，"她说，"只不过是一伙讨人厌的傻孩子。跑来跑去，大叫大喊，跑去跑来，大喊大叫。就这样。我们上楼，收拾你的周末小包裹去。"

弗兰琪的房间是原先在宅顶上加建的一间卧廊，从厨房有一条楼梯通上去。屋里摆着一张铁床，一只带抽屉的柜子，一张写字桌。弗兰琪还有一台能开能关的马达；马达可以磨小刀，碰上指甲很长的话，还可以锉短你的指甲。靠墙脚有一只行李箱，打点好了准备去冬岭。写字桌上搁着一架非常老的打字机，弗兰琪在打字机跟前坐下，搜索枯肠想给谁写封信；可想不出谁，因为所有能回的来信都已回复，且已回复了好几次。她于是拉过一件雨披，盖上打字机，将它推到一边。

"说真的，"约翰·亨利说，"你不觉得我还是回家的好吗？"

"不觉得，"她回答道，没扭头看他，"你坐到那个屋角玩马达去。"

弗兰琪面前有两件东西——一只紫色海贝，一只里面飘雪花的玻璃球，晃一晃，里面就晃出一场暴风雪来。当她将海贝贴上耳朵，她能听见墨西哥湾轻柔温煦的潮声，想到远方一座绿色棕榈的岛屿。她捧着雪花玻璃球举在眯缝的眼前，能看见里面白雪纷飞，直到眼前茫茫一片。她幻想着阿拉斯加。她登上一座白色冷山，俯视远方一片积雪覆盖的荒原。她望见太阳在皑皑冰雪上折射出五彩光影，听见梦中人语，看见梦中情景。无处不是这洁白、寒冷、轻飐的雪。

"看呀，"约翰·亨利说，他正盯着窗外看，"我想那些大女孩子聚在俱乐部里开派对呢。"

"嘘！"弗兰琪冲口道，"别跟我提那帮浑蛋。"

附近有一家俱乐部，但弗兰琪不是会员。俱乐部会员是那些十三四岁，甚至十五岁的女孩子。每逢礼拜六晚上她们就和男孩子们一起开派对。所有会员弗兰琪都认识，直到夏天之前，她就像是这群女孩中的一名幼龄成员，可如今她们成立了这个俱乐部，而她却不是会员。她们说她太小又太刁。礼拜六晚上，她能听见讨厌的乐声，看到远处她们的灯光。有时候她会绕到俱乐部的背巷，站在忍冬树篱不远的地方。她就那么在背巷里站着，望着，听着。真长啊，那些派对。

"说不定她们会改主意，请你加入呢。"约翰·亨利说。

"狗娘养的。"

弗兰琪一吸鼻涕，抬起臂弯揩了揩鼻子。她顺床沿坐下，垂着肩，胳膊肘支在膝头。"我想她们已经把话传遍小镇，说我臭，"她说，"那时我生疖子，涂了刺鼻的黑药膏，老海伦·弗莱彻就问我身上是什么怪气味。喔，我该拿一支手枪请她们每人吃一枪子。"

她听见约翰·亨利朝床这边走来，接着她感觉到他的手在她颈脖上蜻蜓点水似的轻轻点了点。"我不觉得你有那么不好闻呢，"他说，"你很香。"

"狗娘养的，"她又说了一遍，"还有别的事。她们给结了婚的人编派难听的谎话。我就想到裴特姑姑和尤斯塔斯姑父。还有我自己的父亲！尽是难听的谎话！我不知道她们把我当成什么傻瓜呢。"

"你一走进房子我就能闻出你来，都不用看就知道是你。像一百朵花儿。"

"我不在乎，"她说，"我根本不在乎。"

"像一千朵花儿。"约翰·亨利说，黏搭搭的手仍轻轻点着她弯曲的后颈脖。

弗兰琪直起背来，舔了舔嘴角的泪，撩起衣角在脸上抹了一把。她一动不动坐着，翕开鼻翼嗅着自己。接着她走向自己的行李箱，拿出一瓶"甜蜜小夜曲"。她往自己头顶上擦了点儿，又往衣领口里洒了些许。

"来一点儿？"

约翰·亨利蹲在她打开的行李箱边。她往他身上洒的时候，他一哆嗦。他想翻一翻她的行李箱，把她拥有的每一件东西都看个仔细。可弗兰琪只想让他瞥一眼知道个大致，至于她有什么或没什么，她不想让他心里有数。所以她扣上行李箱皮带，将它推回墙脚。"哎呀！"她说，"我打赌我用的香水比镇上任何人都多。"

住宅静寂，除了楼下餐厅里低沉的收音机声。她父亲早已回家，贝拉妮斯已锁了后门，走了。夏夜里孩子们的声音也不再闹响。

"我想我们得好好乐一乐才是。"弗兰琪说。

但没什么可干的。约翰·亨利锁着膝盖骨，反剪两只手，站在屋子当中。窗上有飞蛾——粉绿的蛾子和淡黄的蛾子，张开翅膀，拍打纱窗。

"那些漂亮的蝴蝶，"他说，"它们想进屋来。"

弗兰琪望着柔弱的蛾子紧贴纱窗拍动。每晚她写字桌上灯一亮，蛾子就来了。它们来自八月之夜，停在她的纱窗上，拍动翅膀。

"我看这就是命运的嘲弄，"她道，"是说那些蛾子这样飞来这里。它们本可以去任何其他地方。可它们偏偏盯住这房子的窗不放。"

约翰·亨利扶了扶金丝边眼镜框，好将眼镜稳在鼻梁上，而弗兰琪则打量着他的雀斑小扁脸。

"摘下眼镜。"她突然说。

约翰·亨利取下眼镜，朝它吹了吹。她透过镜片看房间，房间四散开来，而且变了形。她将坐着的椅子往后挪，然后盯住约翰·亨利望。他双眼周围各有一轮汗湿的白圈儿。

"我打赌你用不着戴眼镜。"她说。她将一只手放在打字机上。"这是什么？"

"打字机。"他说。

弗兰琪拿起海贝。"这个呢？"

"那个是海湾捡来的贝壳。"

"地板上爬着的小东西是什么？"

"哪里？"他问道，一边朝周围看。

"你脚边爬着的小东西。"

"喔，"他说着，蹲下来，"哎呀，是只蚂蚁。我奇怪它是怎么爬上这里来的。"

弗兰琪往椅背上一仰，两只光脚跷上写字桌，绞着。"碰上我是你，我就扔掉这副眼镜，"她说，"你能和别人一样看得见。"

约翰·亨利没吱声。

"眼镜怪不好看的。"

她将折起的眼镜递还约翰·亨利，他用粉红法兰绒镜片布擦了擦。他重新将眼镜戴上，没吱声。

"好吧，"她说，"随你便。我是为你好才说的。"

他们上了床。他们背对背脱去了衣裳，之后弗兰琪关掉马达和灯。约翰·亨利跪念晚祷，他念了很久，只是默念，没出声。接着他就在她身边躺下。

"晚安。"她说。

"晚安。"

弗兰琪瞪着一片黑。"叫我很难意识到世界一个钟点飞旋一千英里。"

"我知道。"他说。

"还有，很难理解为什么你往上一跳，你掉下来没掉在费尔维尤镇，塞尔马镇，或五十英里外什么地方。"

约翰·亨利翻了个身，发出睡意迷糊的一嘟囔。

"或冬岭，"她说，"我但愿现在就出发去冬岭。"

可约翰·亨利已睡着。她听见黑暗里他的呼吸，这下她终于实现了那个夏天的许多黑夜里她所盼望的了：有人在她床上陪她同睡。她躺在暗中听他呼吸，听了一阵，她手肘一撑欠起身子。他躺在月光里，很小，点点雀斑，白白的胸脯，裸着，一只脚搭在床沿。她将手放在他腹上，凑近他：他体内像有一只小钟嘀嗒嘀嗒走，他身上有一股汗水和"甜蜜小夜曲"的气味。他闻起来就像一朵酸馊的小玫瑰。弗兰琪俯下去，在他耳朵背上舔了舔。然后深深吸了一口气，将自己的下巴枕在他骨棱棱、汗津津的小肩胛上，躺了下去，闭起眼睛：现在，有人在她床上陪她同睡，她不太怕了。

次日一大早，太阳唤醒了他们俩，那炽白的八月骄阳。

弗兰琪没能打发约翰·亨利回家。他见到贝拉妮斯正做火腿，那顿特别的请客大餐一定很不错。弗兰琪的父亲先是在客厅里看报，之后便去镇上他的珠宝行给钟表拧发条去了。

"要是我那位哥哥没从阿拉斯加给我带礼物来，我真会很生气的。"弗兰琪说。

"我也会的。"约翰·亨利附和道。

她哥哥和他的新娘上门来的那个八月的上午，他们在干什么呢？他们坐在葡萄棚下的荫头里聊圣诞节。阳光猛烈、白炽，被阳光灌醉了的冠蓝背鲣鸟们没命地乱叫，呱呱声响成一片。他们聊着天，说话声有气无力地低下去，他们聊着同样的话题，一遍又一遍。他们就这样昏昏然坐在葡萄棚下的荫头里，而弗兰琪还是一个从未细想过婚礼的人。当她哥哥和新娘走进宅门的那个八月的上午，这就是他们当时的情形。

"哦，老天，"弗兰琪说，桌上的扑克牌油腻腻，迟暮的阳光斜过院落，"世界真的哩是个变得很快的地方。"

"嗨，别再这么叨叨了，"贝拉妮斯说，"你心思没放在玩牌上。"

说来，弗兰琪还是放了一点儿心思在玩牌上的。她出了一张黑桃皇后，黑桃是主，约翰·亨利扔了一张方块小二。她朝他瞥了一眼。他正盯住她的手背使劲瞧，好像希望拥有一种会拐弯的视线，能绕过去看别人手里的牌。

"你有一张黑桃。"弗兰琪说。

约翰·亨利将项链上的小铅驴塞进嘴巴，掉开目光。

"赖皮。"她说。

"快，把你的黑桃拿出来。"贝拉妮斯说。

他于是争辩道："挡在另一张牌背后了嘛。"

"赖皮。"

可他还是不出。他苦着脸坐着，牌局就僵在他那里。

"赶紧出啊。"贝拉妮斯说。

"我不能出，"他终于说，"我也不会出。是一张黑桃杰克。黑桃我只有一张。我不想把我的杰克垫到弗兰琪的皇后下面去。"

弗兰琪将手上的牌往桌上一摊。"瞧瞧！"她对贝拉妮斯说，"他连最最起码的游戏规则都不讲！他还是小孩子！真没指望！没指望！没指望！"

"兴许是。"贝拉妮斯道。

"喔，"弗兰琪说，"烦死我了。"

她坐着，两只光脚丫勾住椅子横档，闭上眼睛，胸口压着桌沿。油腻腻的红扑克牌散乱在桌上，那情景看着就叫弗兰琪厌恶。每天下午吃完正餐，他们都打牌；要是你吃下那些纸牌，它们的滋味就像八月里所有正餐搅在一起，再加上手汗的臭味。弗兰琪一伸手将纸牌从桌上扫掉。婚礼是明媚而美丽的，像白雪，而她胸口那颗心压扁压碎了。她从桌边站起。

"灰眼人爱吃醋，这是众所周知的事实。"

"我告诉过你我没嫉妒，"弗兰琪说，她在屋里兜圈飞快地走，"我不可能只嫉妒其中一个的，要嫉妒就他们俩一起嫉妒。在我眼里，他们俩是一起的。"

"嗬，我义兄讨老婆时，我就吃醋了，"贝拉妮斯说，"约翰和柯罗玲娜结婚那会儿，我承认我威胁说要从她脑袋上撕下她耳朵皮来。可你瞧我并没撕。柯罗玲娜还是长着两只跟别人一样的耳朵哩。如今我可喜欢她了。"

"简，"弗兰琪说，"简维斯和简妮丝。这是不是最怪的事？"

"怎么了？"

"简，"她说，"他们俩名字的开头都是简。"

"还有呢？又怎么了？"

弗兰琪绕着餐桌一圈圈走。"倘若我的名字叫简樱就好了，"她说，"简樱或简茉莉。"

"我不懂你心思。"贝拉妮斯说。

"简维斯和简妮丝和简茉莉。懂了？"

"没懂，"贝拉妮斯说，"顺便提一句，今天早晨我在收音机里听说法国人正把德国佬赶出巴黎呢。"

"巴黎，"弗兰琪声调空洞地重复了一遍，"我在想改名字合不合法。或加个名字。"

"当然。不合法。"

"嗨，我不管，"她说，"弗·简茉莉·亚当斯。"

通往她房间的楼梯口放着一只娃娃，约翰·亨利将娃娃带到桌旁，抱在手臂里摇啊摇的。"你刚才说送给我，可是当真的。"他说。他撩起娃娃的裙子，翻弄着里面逼真的小内裤和小紧身衣。"我要给她起个名字叫美娃贝儿。"

弗兰琪朝娃娃愣了半晌。"我不知道简维斯带给我这娃娃的时候心里是怎么想的！想一想竟带只娃娃给我！简妮丝还企图解释说她把我想成个小姑娘。我是指望简维斯从阿拉斯加给我带个什么来的。"

"你的脸色呀，拆开包装那会儿，怪得真够可以的。"贝拉妮斯说。

是一只红头发、黄睫毛、一双瓷眼睛会一张一闭的大娃娃。约翰·亨利让她平躺地抱着，所以她眼睛就闭上了，此刻他正在拨拉她的睫毛，想叫眼睛睁开。

"别这么干！弄得我很紧张。说实在的，把娃娃拿到我看不见的地方去。"

约翰·亨利将她抱到后回廊上，这样他回家时就能带上她走。

"她名叫莉莉·美娃贝儿。"他说。

炉灶上方架子上的那只钟，慢吞吞地嘀嗒着，要过十五分钟才到六点。窗外的光线依然炽烈、金黄、明亮。后院里葡萄棚下的阴影却已浓黑了。一切都静止不动。远处某个地方传来一缕口哨声，是一支伤怀八月的绵长无尽的歌。一分一秒都是那么漫长。

弗兰琪又走到厨房镜子跟前，端详自己的脸。"我最大的错误就是剪了这寸头。参加婚礼，我该留一头浅金长发才是。你不觉得吗？"

她立在镜子前，她害怕起来。那是个充满忧惧的夏天，对弗兰琪来说，有一种怕是可以在桌上用纸和笔演算出来的。这年八月，她十二又六分之五岁。她五英尺五又四分之三英寸高，她穿七码的鞋。去年她长了四英寸，或者至少这是她的判断。那帮夏季还没发育的捣蛋鬼小孩已经冲她大叫大嚷："天上冷不冷啊？"大人们对她的议论则叫弗兰琪立即趔头缩颈起来。倘若她拔高要到十八岁生日才算拔完，前面还有五又六分之一年的时间要拔。因此，除非她能够阻止自己，不然根据数学，她会高过九英尺。一位高过九英尺的淑女又会是什么呢？会是只怪胎。

每年初秋查特胡奇庙会都会光临小镇。十月里，设在露天游乐场的庙会要持续整整一个礼拜。有摩天轮，简易旋转木马，银镜宫殿——那里还有个怪胎馆。怪胎馆是一条有顶篷的长廊，里面是一排小棚子，一座挨一座。长廊入门收费两毛五，你于是就可以去每座棚里瞧怪胎了。不过顶篷长廊笃底，还有不对公众开放的特展，得再花一毛钱。去年十月，弗兰琪见过了怪胎馆的所有成员：

> 巨人
> 肥肥女
> 小侏儒
> 野黑鬼
> 针头人
> 鳄鱼孩
> 雌伏雄

巨人高过八英尺，晃荡着两只大掌，耷拉着嘴一副呆相。肥肥女坐在扶手椅里，她身上的肉膘就像撒了粉的面团子，她还不停地用手拍打它，搓揉它——旁边就是皱巴巴的小侏儒，穿着花哨的小小晚礼服，假装斯文地碎步走来走去。野黑鬼来自一座荒岛。他蹲在棚里一堆灰扑扑的枯骨和棕榈叶当中，生吞活剥噬食老鼠。谁带来尺寸合适的老鼠，谁就可以免费进场白瞧他，所以孩子们把老鼠装在结实的麻袋或鞋盒里，提着进庙会。野黑鬼将鼠头冲自己屈着的膝盖猛一砸，撕开鼠皮，便嘎吱嘎吱狼吞虎咽，闪动着他那双贪嗜的黑鬼眼。有人说他并非货真价实的野黑鬼，而是塞尔马镇上一个有色人种疯子。不管怎么说，弗兰琪不愿多看他。她挤出人群，去看针头人，约翰·亨利整个下午都站在针头人那个棚里。针头人单脚跳着，嘎嘎笑着，和周围看客顶嘴嬉闹，她脑瓜不比一只橙子大，还剃得溜光，只在头顶心留了一撮毛，扎了个粉红蝴蝶结。最后一座棚子总是很拥挤，因为展览的是个半男半女的雌伏雄，一个阴阳人，一个科学奇观。这个怪胎完全被分成两半——左半是男，右半是女。左边服饰是张豹皮，右边是文胸和缀小晶片的裙子。一半脸黑黑的胡子拉碴，另一半抹得脂红粉白。两只眼睛也很古怪。弗兰琪在长廊里晃荡，每座棚里都去瞧过。所有的怪胎都叫她害怕，因为她觉得他们都在偷偷打量她，想和她对上眼，用眼神与她交流，好像在说：我们认识你。她害怕他们那种古怪的盯视。那么多日子以来她一直耿耿不能忘记，直到今天。

"我怀疑他们是不是会结婚或参加婚礼，"她说，"那些怪胎。"

"你在说啥怪胎？"贝拉妮斯问。

"庙会上的，"弗兰琪说，"去年十月我们见过的那些。"

"哦，那帮家伙。"

"我不知他们是不是挣大钱。"她说。

贝拉妮斯于是就答道："我怎会知道？"

约翰·亨利提了提假想的裙裾，伸出一根手指碰了碰自己的大脑门，他绕着餐桌单脚蹦跶、跳舞，学针头人的

024

样子。

接着他说："她是我见过的最最讨人喜欢的小姑娘。我还从来没见过这么讨人喜欢的东西呢。你说是不是，弗兰琪？"

"不觉得，"她说，"我不觉得她讨人喜欢。"

"我和你，我俩都不。"贝拉妮斯说。

"走开！"约翰·亨利争辩道，"她就是讨人喜欢。"

"要是你想听我一句糖心话①，"贝拉妮斯说，"庙会上那帮家伙叫我寒毛凛凛。每一个，没例外。"

弗兰琪从镜中望着贝拉妮斯，最后她轻声问了一句，"我叫你寒毛凛凛吗？"

"你？"贝拉妮斯问。

"你觉得我会长成个怪胎吗？"弗兰琪低声说。

"你？"贝拉妮斯又这么说了一遍，"哎哟，当然不会，老天在上。"

弗兰琪感到好过些了。她侧过脸从镜中端详着自己。这时那钟不紧不慢敲了六下，接着她说："你觉得我会出落得漂亮吗？"

"也许。要是你把你那老茧壳子锉下去一两寸就好了。"

---

① 原文为 candy（糖）opinion，应为 candid opinion，意为真心的意见。是贝拉妮斯的语言习惯。

弗兰琪站着，整个身体重量支在左腿上，右脚前掌慢慢磨蹭着地面。她感觉脚皮下扎进一根刺。"一点不假。"她说。

"我想你长胖点儿会很不错。要是你规规矩矩。"

"可就在礼拜天，"弗兰琪说，"我想在婚礼前改进自己，把自己弄得好些。"

"那就弄弄干净去。搓洗搓洗胳膊肘，好好打扮一下。你会很不错。"

弗兰琪最后又往镜子里瞥了自己一眼，才背转身。她想着她哥哥和新娘，心头有一团堵，解也解不开。

"我不知该怎么办。我但愿死了才好。"

"那好，死吧！"贝拉妮斯说。

接着，"死吧。"约翰·亨利小声附和道。

世界停止了。

"回家去。"弗兰琪对约翰·亨利说。

他站在那里，两只大膝盖骨紧紧锁着，小脏手扶着白餐桌的边沿，没动。

"你听见我了。"弗兰琪说。她朝他做了个凶脸，操起炉灶上挂着的一口平底锅来。她绕桌追逐他，追了三圈，追至前门口，最后逐出大门。锁上门，她又吼一声："回家去。"

"喂，你怎么这德行？"贝拉妮斯说，"你这么刁恶，只配去死。"

弗兰琪打开通往她自己屋子的楼梯门，坐在楼梯脚的梯级上。厨房死静，怪诞，阴郁。

"我明白，"她说，"我只想独自静坐一会，把这一切想想透。"

这是弗兰琪对自己是弗兰琪感到难堪、感到厌倦的夏天。她讨厌自己，成了一个心无所系、整天混在厨房的浪荡儿、大孬种：邋遢，贪馋，刁坏，阴沉。她不仅刁恶到只配去死，而且还是一名罪犯。要是警察知道她底细，她会被带上法庭受审判、蹲大牢的。可弗兰琪并非生来就是罪犯、孬种。这年四月之前，以及之前她人生里的所有岁月，她和别人一样平常。她属于一个俱乐部，是学校七年级班上的一名学生。礼拜六早晨她替父亲打工，礼拜六下午都会去看场戏。她从来不是那种担惊受怕的人。晚上她和父亲睡一张床，并不是因为怕黑。

然而，这年春天却是个漫长而怪异的季节。事情开始有变，但这变是什么，弗兰琪却弄不明白。一个枯索寡淡的灰冬过去了，三月的风叩着窗棂，澄碧的空中，云儿洁白洁白，打起了裙褶。这年四月来得悄没声息，来得突兀，树的绿是一种肆无忌惮的翠绿。浅淡的紫藤花儿满坑满谷开遍小镇，接着又悄没声息地凋落了。四月的这些绿树和花朵，不知为何，叫弗兰琪忧伤。她不明白自己为什么忧伤，但正因为这种异样的忧伤，她开始意识到自己非得离开小镇不可。她阅读有关战争的新闻，想着外面世界，打点好自己的行李准备出走；可她不知道走向哪里。

这是弗兰琪心里惦念着外面世界的一年。她并没把世界想成那只圆滚滚、上面清晰地画着一个个国家、涂着不同颜色的教学地球仪。她想象中的世界庞大、破裂、松散疏远彼此不相关、一个钟点飞旋一千英里。学校的地理课本过了时；世界上的国家已经变掉。弗兰琪阅读报上的战争新闻，可是世界上有太多她陌生的地方，而战争又发生得太快，所以她常常搞不明白。这年夏天，巴顿将军追逐德国佬从法国的一头追逐到另一头。他们还打仗，在俄罗斯和西班牙打。她看见了战事，还看见了战士。可是各种各样的战事太多太多，几百万几百万的战士她也没法同时装在心里一起看见。她看见俄罗斯冰雪里，一个灰黑、冻僵的俄罗斯士兵，握着一杆冰冷的枪。丛林岛上，孤零零一个眯细眼日本鬼子摸着青藤潜行。欧洲、被吊在树上的人以及湛蓝海洋上的战舰。四引擎飞机、焚烧着的城市以及一个戴着钢盔大笑的兵。常常，这些有关战争的、有关世界的图像，在她脑中飞转，转得她晕眩。很久以前，她曾预言说这场大战打上两个月就会赢，可现在她没底了。她希望自己是个好男儿，参军当水兵奔赴战场。她也想过驾飞机，凭勇猛无畏夺下几枚金勋章来。可她无法参与这场战争，这事弄得她多少有些茶饭无心、情绪低落。她决定献血给红十字会；她要每个礼拜献它一夸脱，她的血就会在澳大利亚人、战事中的法国人和中国人血管里奔流，在整个世界上奔流，于是她就好像是所有这些人的至亲了。她会听见军医们说弗兰琪·亚当斯的血是他们见过的最最鲜红、最最刚健的血。她能料想，等到战后，与奔流着她的血液的战士们一一相见，他们会说是她给了他们生命，当以生命相报；他们不叫她弗兰琪——而是尊她为亚当斯。然而这个向战争献血的计划没能付诸实现。红十字会不要她的血。她太小。弗兰琪对红十字会气得咬牙切齿，觉得什么地方都不要她。战争和世界这两件事，变数太快，太庞大，太陌生。长时间地想这个世界想得她怕起来。她怕倒不是因为德国佬、炸弹或日本鬼子。她怕，是因为处于战争之中而他们却不要她参与，因为世界似乎把她撂在了一边。

所以，她明白她非得离开小镇、远走他乡不可。这年暮春懒散，又太甘甜。漫长的下午是花朵，一朵接一朵盛开，开着不谢，而碧绿的甘甜叫弗兰琪难受。弗兰琪开始觉得小镇触心境。伤心、可怕的事情还不曾叫弗兰琪哭过，然而这季节，许多事情叫弗兰琪突然想哭。她有时会一大清早走到院中，久久伫立，凝望日出的天空。就好像她心里生出一个疑问，而长天却默不作答。那些她从前根本不留意的事情开始叫她难受：傍晚街边望见的一片别家灯火，小巷里传来的一句陌生的人语。她会凝望灯火，细听人语，心渐渐堵起来，升起一种等待。可是，灯火终是暗灭，人语归入沉寂，尽管她还在等待，也就没下文了。她害怕那些东西，那些东西让她陡地想知道她是谁，在这世界上她将变成什么，此时此地她为何站着，看一星灯火、听一丝人语、凝望那片长空，孤单一人。她怕，她胸口异样地一阵发紧。

四月的一个夜晚，她和她父亲准备就寝，他朝她望过来，突然间他就说："谁是这个十二岁的长脚鹭鸶大冒失鬼，还想跟她老爸爸一起睡呀？"她已经太大，不能再和她爸爸同寝了。她得去楼上自己屋里独睡。她心里开始跟父亲结起怨来，父女两人彼此斜眼相对。她不喜欢待在家了。

她在镇上兜来兜去，她看见的、听到的事情似乎都是没有了断、没有结果的，而她心头那一团堵也解不开，化不去。她就迫不及待地找些什么事做，但到头来她做的事总是不对劲。她打电话给最要好的朋友艾芙琳·欧文，艾芙琳有一套足球衫裤和一领西班牙披巾，她们俩一个穿上足球衫裤，另一个围上披巾，结伴去一毛钱铺子。可这事不对劲，不是弗兰琪想做的。或者当春日苍茫的黄昏之后，空气里飘浮着一股花朵的甘涩和尘土的气味，傍晚掌灯的窗，拖长调子的吃晚饭呼唱，烟囱刺尾雨燕们聚拢了，在小镇上空盘旋，成群地回归窝巢，留下一片天，空而阔；弗兰琪在这个季节里漫长又漫长的黄昏中沿着小镇的街走啊走，走尽了黄昏，一缕爵士乐般的哀伤颤动着她的神经，她的心堵了，几乎停跳。

她解不开也化不去心头那一团堵，于是她就迫不及待地去找些什么事做。她会回家去，将煤斗套在脑袋上，像疯人的帽子，绕着餐桌走。她会想到什么就做什么——可不管她做什么，总是不得劲，而且根本不是她想做的。做完这些不对劲的傻事，她就会站着，既空虚又厌恶地站在厨房门口，说：

"我但愿能把这小镇砸烂。"

"那好，砸烂吧。不过别老挂着脸在这里闲混。去找点事儿干干。"

最终，麻烦来了。

她去找了点事儿干干了，她给自己惹来了麻烦。她犯了法。既然已经成了一名罪犯，她干脆一不做二不休，一犯再犯。她从父亲的衣柜抽屉里拿走了手枪，揣在身上满镇逛，在一片空场地上开枪。她变成盗贼，从西尔斯·罗伯克百货店偷了一柄三刃小折刀。一个礼拜六下午她犯了一宗秘密而未名的罪孽。在麦基恩家的车库里，和巴尼·麦基恩一起，他们犯了一宗怪诞的罪孽，这罪孽到底有多坏，她不知道。不过这事叫她的胃泛起一种痉挛的恶心来，她惧怕每个人的眼神。她恨巴尼·麦基恩，想杀了他。有时候夜晚一个人躺在床上，她会谋划用手枪给他一枪子，或在他双眼当中捅进一刀子。

她最要好的朋友艾芙琳·欧文搬去了佛罗里达，弗兰琪也不再和其他人一起玩。漫长的、鲜花一簇接一簇盛开的春季结束了，小镇的夏天是何等丑陋、寂寥，又是何等酷热。她一天天愈发地想离家出走：远走高飞去南美，或好莱坞，或纽约。可尽管她已经好多次打点好行李，她想不定这些地方中她该往何处走，也想不定自己一个人该怎么走。

所以她就待在家，在厨房里混，夏天过也过不完。到最闷热的夏天，她的身高已经有五英尺五又四分之三英寸了，是一个贪馋、无聊、刁钻到只配去死的大高个头。她怕，但不是以前那种怕。只是怕巴尼，怕她父亲和警察。即便那种怕最终也消失了：过了相当长一段日子，在麦基恩家车库的那种罪孽远离了她，只记存在她的梦里。而她也不再挂虑父亲和警察。她困在厨房里，与约翰·亨利和贝拉妮斯厮混。她不再挂虑战争和世界。没任何东西再能伤害她；她变得不在乎了。她不再为仰视天空而去后院站着。她不再留心任何响动和夏季的人言碎语，也不再在夜晚的小镇街头晃荡。她不许自己为身外之事所伤感，她不在乎了。她吃喝她写戏她冲车库侧墙练飞刀她在餐桌边打桥牌。每一天都和前一天一样，只是更漫长，什么事情都伤害不到她了。

因此当那个礼拜天要到来时，当她哥哥和新娘登门时，弗兰琪明白一切都变了，但为什么会是这样，之后在她身上又会发生什么，她却不懂。她试想跟贝拉妮斯说说，贝拉妮斯也不懂。

"一想到他们俩，"她说，"让我感到一种痛。"

"唉，别这样，"贝拉妮斯说，"一个下午你啥事也没干，就一直在想啊想，想他们。"

弗兰琪坐在通往她房间那段楼梯的梯脚上，眼睛朝厨房愣着。尽管想到婚礼就让她感到一种痛，她还是不得不去想它。她记得当自己走进客厅的时刻，她哥哥和新娘的神态，那是早晨十一点钟。住宅陡地一片煞静，因为他们进来时，简维斯关了收音机；整个漫长的夏季，收音机白天黑夜地响着，响到没人再理会它，而这蹊跷的静反倒吓了弗兰琪一跳。她穿过廊道站在门口，见到她哥哥和新娘的第一眼，触击了她的心。这种他们俩彼此一起在她内心触发的感觉，她无法用语言表述出来。那就像春季带给她的感觉一样，只是更突兀，更尖利。同样那种心胸一团堵，同样那种令她害怕的怪异。弗兰琪就这么想着，一直想到头脑晕眩脚麻木。

她这才问贝拉妮斯："你和你第一个丈夫结婚时多大年纪？"

弗兰琪在那里转着心思时，贝拉妮斯已经换上了她的礼拜天服饰，正坐着翻看杂志。她在等人，等哈尼和提·提·威廉斯，他们约好六点碰头；他们三个要去新都会茶餐厅用晚餐，然后一起在镇上兜兜。贝拉妮斯在阅读，她双唇嗫嘴，嘴里念念有词。弗兰琪开口说话时，她的黑眸往上瞧，可因为她没抬头，玻璃碧眼好像继续在看杂志。这两条视线各行其是的表情叫弗兰琪很不自在。

"我十三岁。"贝拉妮斯说。

"为什么你这么年轻就结婚？"

"因为我想结婚啊，"贝拉妮斯说，"我十三岁了，打那以后再也没长高过一分。"

贝拉妮斯非常矮，弗兰琪盯着她一个劲儿看，然后问道："是不是一结婚就停止拔高了？"

"当然真的哩。"贝拉妮斯说。

"这个我倒不知道。"弗兰琪说。

贝拉妮斯结过四次婚。她的第一任丈夫鲁迪·伏里曼是个泥水匠，是四个中她最喜欢的也是最好的一个；他送狐狸皮给贝拉妮斯，他们还一起去辛辛那提看雪。鲁迪和贝拉妮斯看了一整个冬天的北国白雪呢。他们彼此恩爱，结婚九年，直到那年十一月，他病倒继而死去。其他三任丈夫都很差劲，而且一个比一个差劲，只要一听见提起他们，就让弗兰琪难受。第一个是倒霉蛋老酒鬼。接着一个迷贝拉妮斯迷得痴头怪脑，这人还干疯疯傻傻的事儿，夜里做梦吃东西，结果把一角被单吃下去了。接二连三的事情把贝拉妮斯搞得烦透烦透，结果贝拉妮斯不得不离开他。最后一个恐怖至极。他抠出了贝拉妮斯的眼珠，偷走了她的家私。她只得报警。

"你每次结婚都戴面纱吗？"弗兰琪问。

"有两次戴面纱的。"贝拉妮斯说。

弗兰琪静不下来。她在厨房里兜来兜去，虽说她右脚底有一根刺儿，走起来一瘸一拐的，她拇指勾住短裤皮带，汗衫湿搭搭贴在身上。

最后，她拉开餐桌的抽屉，挑了一把锋利的长刃屠刀。接着她坐下，将刺痛的右脚脚踝搁在左膝盖上。她的脚底板狭窄修长，上面结着许多粗糙发白的疤，因为每个夏季，弗兰琪总会踩到无数钉子；弗兰琪有一副全镇第一铁硬的脚板。她能削去脚底那一层蜡黄的老茧硬壳也不怎么会叫疼，轮到别人是会叫疼的。可她并没马上动手挑刺——她只是坐着，脚踝搁膝头，右手捉长刀，目光越过餐桌望着贝拉妮斯。

"说给我听听，"她说，"说说那时确切的情形。"

"你是知道的！"贝拉妮斯说，"你见了他们哪。"

"还是说给我听听吧。"弗兰琪说。

"我这是最后一遍说这事了，"贝拉妮斯道，"你哥和新娘今天早晨很晚才到。你和约翰·亨利赶紧从后院跑进来见他们。接着我就留意到你立克①穿过厨房，跑回你自己屋

---

① 原文为 hust，应为 hustle，意为匆忙。是贝拉妮斯的语言习惯。

里。你换上了蝉翼纱连衣裙下楼来，抹上了寸把厚的唇膏，从这边抹到那边。你们大家这就在客厅里落座。天气很热。简维斯给亚当斯先生带来一瓶威士忌，他们喝酒，你和约翰·亨利喝柠檬水。吃过正餐，你哥和新娘就搭三点钟火车回冬岭。婚礼要在礼拜天举行。就这些。这下，满意啦你。"

"叫我失望，他们没多待一会儿——至少待一晚。简维斯离家这么长久了。不过我猜他们两人想尽量独自守着。简维斯说是冬岭那边有部队上的文件等他去办。"她深深地吸了一口气，"我不知道他们婚礼后会去哪里。"

"度蜜月。你哥会有几天假期。"

"我不知道他们度蜜月会去哪里。"

"那，我肯定是不知道的了。"

"说给我听听，"弗兰琪又说，"他们看上去到底是什么样子？"

"看上去是什么样子？"贝拉妮斯说，"哎呀，他们看上去挺正常。你哥是个金头发白人帅小伙。姑娘棕发，小巧玲珑，漂漂亮亮。他们俩结婚成家，是一对光鲜可爱的白人小夫妻。你是看见他们的。傻丫头。"

弗兰琪闭上眼睛，尽管心里没能浮现出对他们的印象，但她能感觉到他们正离开着。她能感觉到他们俩一起坐在火车上，正渐行渐远地，离开她。他们是他们，正离开她；而她是她，枯守餐桌边，独坐。可一部分的她却随他们同去了，她能感觉到那部分的她自己正离开她，越离越远；离开她，越离越远，于是那排遣不去的厌烦笼上心头；离开她，越离越远，于是厨房里的弗兰琪便只是遗留在桌边的一具老躯壳了。

"太古怪了。"她说。

她弯腰凑向脚底心，脸上有什么东西湿湿的，像是眼泪或汗珠，她吸了吸鼻子，开始剔脚上的刺。

"不疼吗难道？"贝拉妮斯问。

弗兰琪摇摇头，没回答。过了一会儿她说："你有没有见过某个人之后，你对这人的记忆更多是一种感觉，而不是一种印象？"

"啥意思？"

"我的意思是，"弗兰琪慢吞吞地说，"我是看见他们了。不错。简妮丝穿绿连衣裙，绿精巧高跟鞋。她的头发绾成一个高髻。深色的头发，有一小缕飘散着。简维斯坐在沙发上，她的身边。他穿了褐色军服，晒得黑黝黝，非常干净利落。他们是我见过的最最漂亮的一对儿。可我就不能像我希望的那样，把他们整个都看进去。我的头脑没法子集中注意，来不及把一切记住。接着他们就离开了。你明白我的意思了？"

"你会把自己弄疼，"贝拉妮斯说，"你该用一根针。"

"我根本不在乎我这老脚丫子。"弗兰琪说。

才六点半，下午的分分秒秒就像一面面明镜。屋外口哨声不再，屋里也没响动。弗兰琪坐着，面对一扇通往后回廊的门。门角上凿了一方猫洞。离猫洞不远搁着一盆馊了的薰衣草香味牛奶。酷暑刚来，弗兰琪的猫就跑了。酷暑季就是这样的：这是夏天的强弩之末，一般来说，不再会出事——但一旦出了事，这事将持续到酷暑结束。覆水既出，无法收回；错已铸成，只能将错就错。

那年八月，贝拉妮斯挠了挠右臂下的一处蚊叮，结果把那里挠破了：酷暑不过去，溃疡是不会好的。两群八月小飞虫挑中约翰·亨利的眼角，在那里安营扎寨，尽管他不时地晃头眨眼，可小飞虫却打定主意驻扎在那里不走。接着查尔斯不见了。弗兰琪并没见它离家出走；可在八月十四日，她唤它吃晚饭，它没过来，它已经走了。她到处找它，派约翰·亨利走街串巷，到处哀嚎它名字。可这是酷暑季，查尔斯没再回来。每天下午弗兰琪对贝拉妮斯说同样的话，而贝拉妮斯也总同样地回答。以至于这些话就像她们凭记性哼着的一支不中听的小曲。

"要是我知道它去哪里就好了。"

"甭替那只老野猫操心。我告诉过你它是不会回来的。"

"查尔斯不是野种。它差不多就是纯种波斯猫。"

"波斯纯种，就像俺，"贝拉妮斯会这样说，"你是再也见不着那只老公猫喽。它找朋友去了。"

"找朋友去?"

"哎呀,真的哩。它在外晃荡,要替自己找个女朋友嘛。"

"你真这么想?"

"当然。"

"好吧,它何不带它朋友一起回家。它应当明白,要说养它一家子,我是高兴还来不及。"

"你是再也见不着那只老野猫喽。"

"要是我知道它去哪里就好了。"

就这样,每个阴郁沉闷的下午,她们的声音拉锯似的彼此一来一往,说一模一样的话,最终让弗兰琪觉得是从两个疯子嘴里吐出来的一段节奏切错、时轻时重的叨叨。她会以对贝拉妮斯说这样的话作为结束:"在我看来就好像所有东西都走掉了,光剩下我。"说着她便将头埋在桌上,心里惶惶然害怕起来。

可这个下午,弗兰琪突然一改从前。她冒出个念头来,她放下刀子,从桌边站起。

"我知道我该干什么,"她说得唐突,"听着。"

"我长耳朵呢。"

"我要报警。他们就会找到查尔斯。"

"我不会这么干。"贝拉妮斯说。

弗兰琪走到门廊电话边，挂过去向警察解释猫的事。"它差不多是只纯种波斯猫，"她说，"只是毛短了点儿。非常漂亮的灰色，颈脖上一小点白。叫它'查尔斯'它会应，要是它不应，你不妨叫'查琳娜'，兴许会应。我是弗·简茉莉·亚当斯小姐，家住小树林街 124 号。"

弗兰琪走回来时，贝拉妮斯正卡着嗓子咯咯咯尖笑。"哇啊！他们会派人来这里，绑上你，把你带去米利奇维尔疯人院。想想那一帮蓝制服大模子警察满街乱追一只老公猫，边追边叫：喂，查尔斯，喂，过来！查琳娜！老天爷啊老天爷！"

"嘘，闭嘴。"弗兰琪说。

贝拉妮斯坐在桌旁，她止住了笑，逗弄地骨碌碌转着黑眼睛，她正随手将咖啡倒在一只白瓷碟子里让它凉一凉。

"再说了，"她道，"我不觉得耍弄警察是个多么高明的主意。不管什么理由。"

"我没耍弄警察。"

"你刚才就在那里把你名字你家门牌号码统统报给了他们。要是他们采取行动，就知道哪里来拿你。"

"哈，来吧！"弗兰琪气呼呼地说，"我不在乎！我不在乎！"突然之间，别人知道她是罪犯也罢，不是也罢，她都不再在乎了。"让他们来抓我好了，我毫不在乎。"

"我逗你来着，"贝拉妮斯说，"你麻烦喽，你真是连一点儿幽默感都没了。"

"我蹲大牢没准还更好呢。"

弗兰琪不停地绕桌兜圈子，她能感觉到他们正越离越远。火车往北走。他们一英里一英里地远去，离小镇越来越远；他们正在北上，北方的凉意渐渐渗入空气，冬季黄昏的那种晦暗徐徐降落四野。火车盘旋曲折进入山岭，汽笛呜呜，鸣响出一种寒冬的调调，而他们正一英里一英里地远去。他们俩之间传着一盒店铺买来的糖果，精巧的百褶糖纸里包着一粒粒巧克力，他们望见冬日的远道一英里一英里从窗外倏忽闪过。他们已经离开小镇很远、很远，马上就要到达冬岭。

"坐下，"贝拉妮斯道，"你弄得我神经紧张。"

弗兰琪忽然大笑起来。她用手背擦了擦脸，回到桌旁。"你听见简维斯说了什么吗？"

"什么？"

弗兰琪笑了又笑。

"他们在议论是不是要投 C.P.麦克唐纳的票。简维斯就说：嗬，即便他竞选捕狗大员，我也不会投那混账的票。我这辈子还没听过这么精彩的话呢。"

贝拉妮斯没笑。她的黑眼珠往眼角里一转，领悟了那笑话，她收回目光，又看着弗兰琪。贝拉妮斯穿着粉红绉纱连衣裙，插有粉红羽饰的帽子搁在桌上。她的玻璃碧眼把脸上的汗珠子照得蓝莹莹。贝拉妮斯用手撸着帽上的羽饰。

"你知道简妮丝怎么说的吗？"弗兰琪问道，"当爸爸提到我个头拔高了多少，她说她不觉得我个头大得吓人。她说她十三岁之前个头就蹿得八九不离十了。她就这么说的，贝拉妮斯！"

"喔！好。"

"她说她认为我的高矮正好，大概不会再长高了。她说所有时装模特儿和电影明星都——"

"她没说，"贝拉妮斯说，"我听见她的话。她只是说你大概已经长到头了。她并没那样说啊说，说个没完。听你传话，谁都会以为她一字不差正是这么说的呢。"

"她说——"

"这是你的一个大毛病，弗兰琪。别人只不过泛泛一说而已，接着你就在心里编派，编得面目全非。你裴特姑姑碰巧对柯罗玲娜说你很甜，柯罗玲娜把这话传给你听。不管对头不对头。接着我知道你就到处吹嘘说韦斯特太太称你是全镇第一好风度，是该去好莱坞的料，我不知道还有什么你漏说的。哪怕听到别人对你一丁点儿恭维，你都要添油加醋大大发挥。碰上说你坏话，你也这样。你在心里编派、歪曲事情，走样得太厉害。这是个大毛病。"

"甭对我说教。"

"俺没说教。事实而已。"

042

"我承认有一点儿。"弗兰琪终于说。她闭上眼睛，厨房煞静。她听得见自己的心嗵嗵跳，当她再开口，她的声音低成了耳语。"我想知道的是这个。你认为我表现得好不好？"

"表现？表现？"

"是的。"弗兰琪说，眼睛仍旧闭着。

"嗬，我怎么会知道？"贝拉妮斯说。

"我意思是那时我谈吐举止如何？我都做了什么？"

"哎呀，你什么都没做。"

"都没做？"弗兰琪说。

"没做。你只是盯着他们俩，好像盯着两只鬼。后来他们谈起婚礼来，你那两片耳朵皮儿就大包菜叶一样竖了起来——"

弗兰琪抬手碰了碰左耳。"没有。"她尖酸地说。半晌，她又跟了一句："会有一天的，你低头一瞧，你那条肥大舌头连根给扯了出来，摆在桌上你跟前。这下你想想会是什么感觉？"

"说话甭这么粗野。"贝拉妮斯说。

弗兰琪弯腰凑向脚上的刺。她用刀子挑出了刺，又说："谁都会叫痛，除了我。"之后她又开始一圈圈绕着厨房走。"我特别怕我表现不好。"

"又有啥关系？"贝拉妮斯说，"我希望哈尼和提·提快过来。你弄得我神经紧张。"

弗兰琪耸起左肩头，咬住下嘴唇。接着她蹾地坐下，用前额叩着桌面。

"得啦，"贝拉妮斯说，"别这副样子嘛。"

可弗兰琪僵坐着，脸埋在臂弯里，两只拳头攥得紧紧的。她的声音沙哑而哽噎。"他们太漂亮了，"她这么说，"他们一定过得很开心。他们走了，丢下我。"

"坐坐好，"贝拉妮斯说，"要听话。"

"他们来了又走了，"她说，"他们走了，丢下我，丢我一个人这么难受。"

"嗯咦，"最后贝拉妮斯开口了，"我打赌我可明白喽。"

厨房没响动，她用鞋跟在地板上叩击了四下：一，二，三——嘭！她的好眼黑亮，满眼逗趣，鞋跟在地板上踩着节拍，接着跟上了沙哑的爵士调，似歌非歌地唱了起来。

> 弗兰琪着呀着了迷！
> 弗兰琪着呀着了迷！
> 弗兰琪着呀着了迷！
> 迷呀迷上了那婚礼！

"闭嘴。"弗兰琪说。

弗兰琪着呀着了迷！

弗兰琪着呀着了迷！

贝拉妮斯一个劲儿地唱，她的声音猛烈地突跳着，就像发高烧时你脑袋里感觉到的一下一下不停突跳的那颗心脏。跳得弗兰琪晕眩，她从餐桌上提起长刀来。

"你最好闭嘴！"

贝拉妮斯猛一打住。陡地，厨房塌缩，死静。

"你放下刀子。"

"看我放不放。"

她将刀柄一端稳稳抵住手心，缓慢地弓起刀刃来。那把老刀尖利、细长。

"放下，捣蛋鬼！"

但弗兰琪站了起来，瞄准目标。她眯起眼睛，刀子的实感使她的手不再发抖。

"你扔吧！"贝拉妮斯说，"只管扔！"

整栋房没一丝响动。空宅似乎在等待。接着，飞刀呼啸，破空而去，刀尖中的，发出刺的一声。刀子扎在楼梯门的正中，震颤不已。她看刀，直到它不再震颤。

"我是全镇第一飞刀人。"她说。

已站在她背后的贝拉妮斯，一声不吭。

"要是来一场比赛，我准赢。"

弗兰琪从门上拔下刀来，摆在餐桌上。她又朝手心吐了口唾沫，搓搓手。

贝拉妮斯终于开口："弗兰西斯·亚当斯，你再这么玩火迟早要出事。"

"我从不会错过几英寸。"

"在这个住宅里玩飞刀的事，你是知道你父亲怎么说的。"

"我警告过你别来招惹我。"

"你不配在住宅里过日子。"贝拉妮斯说。

"我不会在这住宅里住多久了。我要离家出走。"

"谢天谢地，扫帚星总算要走了。"贝拉妮斯说。

"你等着瞧，我是要走的。"

"那你几时要走？"

弗兰琪目光在厨房每一角落溜了一圈，方说："我不知道。"

"我知道，"贝拉妮斯说，"你要去发疯。你要去的就是那儿。"

"不对。"弗兰琪说。她站得笔直，看着涂满诡异绘画的四壁，接着闭上眼睛。"我要去冬岭。我要去婚礼。我以自己两只眼睛向耶稣基督起誓，我绝不再回这里。"

她不能肯定自己飞出了刀子没有，直到望见刀尖戳在门上震颤。她不知道自己会说出这话，直到这话已经冲口而出。这誓言就像骤然间飞出的刀；她感觉到它戳入她，震颤不已。等话音沉寂下去，她又说：

"婚礼过后我不再回来。"

贝拉妮斯用手往后撸着弗兰琪湿漉漉的前刘海，末了她问："心肝儿？你当真？"

"当然，"弗兰琪说，"你以为我站在这里左一个发誓右一个发誓，只是吹吹的？有时候，贝拉妮斯，我觉得要明白一件事，世上没人比你更迟钝。"

"可是，"贝拉妮斯说，"你说你不知道要往哪里走。你要走，可是你不知道往哪里。这就叫我弄不明白了呀。"

弗兰琪站着，目光往四壁上下溜着。她想到了大世界，它旋转，它变幻，它松散疏远彼此不相关，比起从前，它更松散，更庞大，变得更飞快。一个个战争场景在她脑中突显，碰撞，翻卷。她看见鲜花盛放的阳光岛屿，还看见灰浪拍岸的一片北方海滨大地。士兵们呆滞的眼睛，拖沓的脚步。坦克，一架飞机，机翼折断，在一片大漠长空中焚烧着坠落而下。世界在大战的枪炮声里噼啪爆裂，并且在每一分钟里飞旋一千英里。那些地名在弗兰琪的头脑里打转转：中国，桃花村，新西兰，巴黎，辛辛那提，罗马。她揣想着庞大、旋转的世界，想得她双腿发抖，手心冒汗。然而，她仍然想不出该往哪里去。最后她不再瞪着厨房四壁，而是对贝拉妮斯说：

"我感到简直就像有人撕去了我每一寸皮肤。我但愿能吃几口凉冰冰的上好巧克力冰激凌。"

贝拉妮斯两只手扳住弗兰琪的双肩，她摇着头，眯细了好眼凝视弗兰琪的脸。

"不过，我说的每一字都是当真的，"她说，"婚礼之后，我不再回这里。"

有一声响动，她们转过身，见哈尼和提·提·威廉斯站在门口。哈尼是贝拉妮斯的义弟，和她长得不像——他像是个从外国来的人，古巴或墨西哥。他皮肤偏浅，几乎是紫罗兰色，眼睛细长溜溜，沉静而黑亮，身体纤弱绵软。他们俩身后站着提·提·威廉斯，他皮肤黝黑，块头硕大；头发花白，年纪比贝拉妮斯更大，他穿着上教堂的正装，驳领的扣眼上别了一枚红徽章。提·提·威廉斯是贝拉妮斯的情郎，是个富裕的有色人种，开一爿黑人饭馆。哈尼是个病恹恹、懒散散的人。军队不要他，他就在采砂场上挥铲子，直到把某一只内脏挥坏掉，从此不能再干重活。他们站着，那三个人，都是黑的，一起聚在门口。

"你们进门这么偷偷摸摸干啥？"贝拉妮斯说，"我根本没听见你们。"

"你跟弗兰琪只顾说话。"提·提说。

"我就等着出门呢，"贝拉妮斯说，"早就准备好了。不过出门前想不想快咪一小口？"

提·提·威廉斯朝弗兰琪望，踌躇着。他非常守规矩、识分寸，总是希望取悦所有人，做事得体。

"弗兰琪是不打小报告的，"贝拉妮斯道，"不是不①你？"

对这个连问都没问对头的问题，弗兰琪是根本不屑回答的。哈尼穿了一套深红色人造丝休闲宽松套装，她便说："你上下这身衣服真叫赞，哈尼。哪儿来的？"

哈尼有本事，会像白人学校的老师那样说话；紫罗兰色的嘴唇可以翻得又轻又快，如蝶翼。可他只用了一个有色人种的词语来回答她，喉咙里发出一声低沉的、可以表示任何意思的话音。"啊——哈。"他说。

玻璃杯就摆在他们跟前的桌上，边上还有只原先装直发水，现在用来装杜松子酒的瓶子，可他们却没喝。贝拉妮斯说着有关巴黎的什么，弗兰琪多了一份心，觉得他们就是在等她走开。她站在门口朝他们望。她就是不想走开。

"你的要不要兑水，提·提？"贝拉妮斯问。

他们聚在桌边，只有弗兰琪一个人多余地站在门口。"回头见，各位。"她说。

"再见，宝贝儿，"贝拉妮斯说，"你忘记我们谈的那些傻事儿啊。要是天黑了亚当斯先生还没回家，你就去韦斯特家。找约翰·亨利玩去。"

"我什么时候怕起黑夜来了？"弗兰琪说，"回头见。"

---

① 原文"is you？"贝拉妮斯的混乱的语法习惯。

"回头见。"他们说。

她关上门，但从背后她能听见他们的声音。头贴在通向厨房的门上，她就能听见他们低沉的嗓音时高时低的、柔和的嗡嗡嗡。啊咦——啊咦。接着，哈尼开口了，声音盖过了一片不紧不慢、悠闲细碎的语声，他说："我们进来时，你和弗兰琪之间是怎么回事？"她等着，耳朵紧贴门上，想听贝拉妮斯会怎么说。最后，听见这么说："是些傻事儿。弗兰琪在犯傻呢。"她听着，直到听见他们离开。

空宅黑下来。到了夜里，只有她和她父亲，因为晚饭一吃完，贝拉妮斯就径直回她自己家去了。他们有一回将前楼的卧房出租给人。那一年，祖母死了，她九岁。他们将前楼卧房租给了马洛先生和太太。关于这对夫妇，弗兰琪只记得最后对他们的评价，说他们是粗人。可他们住着的那段日子里，弗兰琪对马洛先生、太太和前楼卧房着迷得很。她喜欢趁他们不在进那屋里，轻手轻脚、小心翼翼，摆弄他们的物件——马洛太太的喷雾香水瓶，灰粉红的粉扑子，马洛先生的木鞋楦。可在一个弗兰琪弄不懂的下午之后他们神秘地离开了。那是一个夏季的礼拜天，马洛夫妇卧室的房门开着。她只能瞥见屋子的一部分，衣柜的一端，眠床的脚板，上面搭着马洛太太的紧身裙。可寂静的屋里传出一种她没法断定的声音，她踏进门槛，眼前情景惊呆了她，那一瞥之后，她大叫着冲进厨房：马洛先生发癫疯啦——！贝拉妮斯急忙穿过走廊，可当她往前楼卧室看进去，她只是堵起嘴，乒地碰上房门。最终还是告诉了她父亲，因为那天傍晚他就说马洛夫妇必须搬出去。弗兰琪试着问贝拉妮斯，想弄明白到底是怎么回事。贝拉妮斯只说他们是粗人，又加了一句，说宅子里还住着某一伙人，因此他们至少应当懂得关个门。虽然弗兰琪明白自己就是"某一伙人"，可她还是弄不明白。发的是一种什么样的癫疯？她问。贝拉妮斯只会回答：宝贝儿，发的不过是一般的癫疯而已。透过说话的口气，弗兰琪明白她的话背后还有别的东西。后来，她就只记得马洛先生和太太是粗人了，他们既然是粗人，他们拥有的东西就是俗物了——因此她很久不再想马洛夫妇和发癫疯的事，只依稀记得他们的名字，他们曾经一度租过前楼卧房，她仍然把粗人与灰粉红的粉扑、香水瓶挂上钩。打那以后，前楼卧房再也没出租过。

弗兰琪到走廊的帽架上拿过父亲的一顶帽子扣在头上。她冲着镜子扮了个鬼脸，看着镜中自己黑乎乎的丑模样。关于婚礼的一席对话多少有些不对劲。下午她问的完全是不对劲的问题，而贝拉妮斯拿玩笑话来应付她。心里那份感觉她没法说清楚，她就那样站在那里，直到幢幢黑影让她想到了鬼。

弗兰琪出门走上宅前的街，抬头看天。她站着，望着，嘴巴张着，一只拳头捶在屁股上。天空是一片紫罗兰，正慢慢往黑里去。她听见四邻浮着傍晚的声音，闻到草地浇过水之后的淡青草气味。因为厨房太闷热，这种晚灯初掌的时间，她会到门外待一会儿。她会练练飞刀，或在前院的冷饮摊头跟前坐坐。她也会绕到后院，葡萄棚那边倒是阴凉。她一直在写戏，尽管她的所有戏装都已穿不下，再说她也太高大，没法穿上戏装在葡萄棚下演戏了；这年夏天，她写了几出非常寒冷的戏——有关爱斯基摩人和冻僵了的探险者的故事。等入了夜，她便会回屋。

可这天向晚弗兰琪的心思不在飞刀、冷饮摊头、戏剧上。她也不想站着两眼望青天，因为她的心又向自己问出了那些老问题；她又像春天时那样害怕起来。

她觉得自己有必要去想一些丑陋的、平常的东西，于是目光从暮色中的苍天转向自家住宅。弗兰琪住在这栋全镇第一丑的住宅里，可眼下她明白不会再住多久了。住宅空荡荡、黑魆魆。弗兰琪转身走到街口，拐个弯，沿着人行道往下走，去了韦斯特家。约翰·亨利正靠在他家前门回廊柱上，背后是一扇亮灯的窗，他看上去就像黄纸上一剪黑色小纸人。

"嘿，"她说，"我不知道我那位爸爸什么时候才会从镇上回家。"

约翰·亨利不吱声。

"我不喜欢独自一人回到黑洞洞的丑陋老宅里去。"

她站在人行道上，望着约翰·亨利，脑筋转到了那句精彩的政论。她拇指勾着短裤口袋，问道："要是投票，你投谁？"

约翰·亨利的嗓音在夏夜里又亮又响。"我不知道。"他说。

"比如，你会不会投 C.P. 麦克唐纳的票，选他当镇长？"

约翰·亨利不吱声。

"你会不会？"

可她没能叫他开口。碰上某些时候，约翰·亨利会不理睬任何问话，不管你问他什么。所以她只好自问自答，这样唱独角戏似乎并不怎么太有趣："嗬，即便他竞选捕狗大员，我也不会投那混账的票。"

逐渐黑下去的小镇很静。这时她哥和新娘早已经到了冬岭。他们把小镇抛在身后，抛在一百英里之外，只身去往遥远的城市。他们是他们，两人在冬岭，两人在一起；而她在此地，在这老镇，独独一个人。比起一百英里的远程，更使她伤心、觉得遥不可及的，是心里清楚他们是他们，两人在一起，而她只是她，与他们别离，独独一个人。就在她被这种感觉痛苦着的时候，一个念头，一种解释，陡地跃上心头，她悟到了，几乎要大声冲出口：他们是我的我们。昨天，以及她此生十二年的所有日子，她向来就只是弗兰琪。她只是单一一个"我"的人，这个人做什么、去哪里，都只能是她一个人。所有其他人都有一个"我们"可以归属，所有其他人，除了她。贝拉妮斯说到"我们"，她是指哈尼和大妈妈，还有她的小木屋、她的教会。父亲的"我们"是他的店铺。所有俱乐部成员都有一个"我们"可以归属，可以挂在嘴上。军队里的战士可以说"我们"，甚至拴成一串的戴镣苦囚都可以这么说。然而老弗兰琪从来不曾有一个"我们"可以归属，硬要说的话，就是这个苦夏的她和约翰·亨利及贝拉妮斯的"我们"——而这恰恰是世上她最不想要的"我们"。现在所有这一切突然过去了，突然改变了。她哥哥和新娘来了，就好像她一见到他们，她就意识到了心里早有知觉的某件事：他们是我的"我们"。这就是此事让她觉得相当奇怪的道理，因为他们远去冬岭，而留下她独自一人；老弗兰琪的躯壳被孤零零忘在这座小镇上。

"你腰弯成这样，干吗呀？"约翰·亨利叫起来。

"我好像有点疼，"弗兰琪说，"准吃坏了。"

约翰·亨利依旧站在栏杆上，抱着廊柱。

"听着，"最后她说，"你过来和我一起吃晚饭过夜吧。"

"不去。"他答道。

"为什么？"

约翰·亨利顺着栏杆走，伸出两条手臂平衡身体，他于是就像一窗黄色灯影里的小小黑鸟了。直等稳稳走到另一根廊柱，他才开口。

"就因为。"

"因为什么？"

他什么都没说，于是她又跟了一句："我想我跟你也许可以搭起我的尖顶帐篷，在后院睡呢。好好乐一乐。"

约翰·亨利还是不吱声。

"我们是最最亲的堂姐弟。我向来一直陪你玩来着。我还送你那么多礼物呢。"

约翰·亨利从栏杆那端走了回来，轻捷、无声，然后他站定，朝她望来，手臂又抱住了廊柱。

"真的，"她喊道，"你为什么还不肯过来呢？"

末了，他开口了。"因为，弗兰琪，我不想。"

"傻瓜蛋！"她嚷起来，"我来问你，只是因为我觉得你看起来太丑陋，太孤单。"

约翰·亨利从栏杆上轻轻一跃而下。他回答她的，是一声清亮圆润的童音。

"嗨，我一点儿都不孤单。"

弗兰琪往短裤两侧擦着自己汗津津的手掌，心里说：现在转过身，回家去。可尽管这样下命令，她不知怎么却无法抽身离去。还没完全入夜。沿街的住宅黑魆魆，透出一窗窗灯光。枝叶浓密的树深之处积聚着浓黑，远景参差而灰暗。不过夜空还没黑透。

"我觉得有什么不对头，"她说，"太静了。凭直觉我有一种异常的预感。我跟你赌一百块钱，要来暴风雨了。"

约翰·亨利从廊柱背后探头朝她望。

"很可怕、很可怕的炎夏暴风雨。还可能来一场飓风。"

弗兰琪站着等天黑。就在这时响起一阵小号声来。就在镇上，并不太远，响起一支小号吹的蓝调。调子忧郁、低回。是哪个有色人种小伙子吹响的伤心曲，可她不知道那吹号人是谁。弗兰琪一动不动地站着，垂头闭目，细细听着。调子里有种东西又把这年春天的一切带了回来：花，陌生人的眼，雨。

调子低郁，幽暗，伤心。就在弗兰琪细听时，小号声陡地一转，舞起一段闪亮、狂放的爵士，曲曲折折，愈发高扬。那段明快爵士的尾声，调子变得细碎、悠远。之后曲调又回到最开头的蓝调，就像是讲述那个烦心的漫长季节的故事。她站在幽暗的街边，心揪紧了，紧得她双膝发僵，喉咙堵起。接着，这事毫无预兆突然就来了，弗兰琪简直不能相信。就在调子该展开时，号声却断了，音乐戛然而止。小号突然不再吹响。弗兰琪一时很受不了，感觉那么失落。

末了，她轻声对约翰·亨利·韦斯特说："他停下来甩掉号里的口水。马上就好。"

　　然而音乐没再回来。曲子未终而断，断在那里。那份揪心她不再能够承受。她觉得自己非得干些什么不可，干头脑发热的、出格的、以前不曾干过的事。她用拳头捶自己的头脑，可没捶出什么主意。她大声说起话来，一开始并没留意在说什么，也不知道接下来会说什么。

　　"我跟贝拉妮斯讲我要从此离开小镇，她不信我。我有时真心觉得她是所有活物中的头号大傻。"她大声抱怨，嗓音毛糙尖利，如拉锯的齿刃。她这么说着，不知道前言会跟出什么后语来。她听着自己的声音，自己也不太清楚听见的言语有多少意思。"你想叫那种大傻彻底明白，就像冲水泥板讲话。我不断跟她讲，讲了又讲，讲了又讲。我跟她讲我非得从此离开镇子不可，因为这是注定的。"

　　她并没在跟约翰·亨利说话。她眼睛里甚至不再有他了。他已经从光亮的窗前挪开；不过他好歹仍在回廊上竖着耳朵听，听了一会儿，他发问：

　　"去哪里？"

　　弗兰琪没回答。她忽然间不再说话，不再动。一种全新的感觉到来了。这突然降临的感觉，就是她心灵深处知道了自己会去哪里。因为她知道，再过一分钟那个地名就会冒出来。弗兰琪咬着握拳的指关节，等着：她并没去搜索那个地名，也没去顾念旋转的世界。她的心目看见了她哥哥和新娘，她的心脏被揪得那么紧，紧得感觉要碎掉。

约翰·亨利用他尖细的童音问："你要我跟你一起吃晚饭吗？睡尖顶帐篷吗？"

她答道："不要。"

"你刚才还邀请我！"

可她已无法再与约翰·亨利·韦斯特理论，或回答他的任何问话。因为就在那个瞬间弗兰琪悟到了。她悟到自己是谁，她将怎么走进大世界。她揪紧的心骤然间舒畅了，张开了。她的心伸展成两翼翻飞的翅膀。再开口时，她的声音是坚定沉稳的。

"我知道我要去哪里。"她说。

他问她："去哪里？"

"我要去冬岭，"她说，"我要去婚礼。"

她顿了顿，给他一个机会说话："这我早就知道，反正。"接着她就大声说出了这个顿悟的真实。

"我要跟他们一起走。冬岭婚礼之后，我要跟他们俩一起走，无论他们去哪里。我要跟他们一起走。"

他没吱声。

"我太爱他们俩了。任何地方我们都要一起走。好像出生以来我就知道，我就是注定该同他们在一起。我太爱他们俩了。"

一言既出，她不必再彷徨、再犹豫。她睁开眼睛，夜已到来。紫罗兰的天空终于黑透，有斜斜的星光，有翻卷的阴影。她的心伸展成两翼翻飞的翅膀，她从未见过夜空是这么美丽。

弗兰琪站着，凝望天空。当过去的老问题笼上她心头——她是谁，在这世界上她将会成为什么样的人，为什么此时此刻她如此站着——当过去的老问题笼上她心头，她不再觉得痛苦、无解。她终于知道她是谁，清楚她要去哪里。她爱她哥哥和新娘，她是婚礼的成员。他们三人将一起走进大世界，他们三人将永远在一起。经历了惶恐的春季和疯狂的夏季之后，终于，她不再怕。

第二部

一

　　婚礼的前一天与弗·简茉莉有生以来所知的任何日子都
不同。是礼拜六，她去了镇上，锁闭、空虚的夏季之后，忽
然间，小镇在她面前敞开了，以全新的姿态接纳了她。因为
婚礼，弗·简茉莉感到眼见的一切都与自己有了联系，这个
礼拜六的早晨，她就像一个突然入会的成员，在镇上到处走
动。她走在街上，有了女王的派头，和什么都打成一片。这
一天从最初的一刻开始，世界似乎不再与她阻隔，倏忽之
间，她觉得自己是有归属的了。于是许多事情开始发生——
没有一件叫弗·简茉莉吃惊，至少直到这天结束之前，一切
都是那么神奇地自然而然。

　　在约翰·亨利的舅公查尔斯大叔的农舍里，她见到过一
头盲眼老骡，绕磨盘一圈圈在原地兜圈，拉磨压榨做糖浆的

甘蔗汁。从她夏天一成不变的行踪来看，老弗兰琪和那头乡村老骡多少同出一辙：她去镇上，不是在一毛钱店铺的货柜前闲逛，就是坐在皇宫的第一排看戏，或是在她父亲店铺里晃荡，再不就是站在街角看士兵。但今天早晨一切全然不同了。她踏进今天之前她连做梦都不会想到会进去的地方。首先，弗·简茉莉踏进了一家旅馆——这家并非是镇上最好的，连第二好的也算不上，但好歹是一家旅馆，而弗·简茉莉登堂入室了。不但如此，她还与一名士兵在一起，这个，也是一件破天荒的事件，因为直到今天之前，她这辈子从未见过他。即便就在昨天，要是让老弗兰琪像从巫师魔镜里看匣中景那样看这场景，她会不信得撮起嘴来的。不过这是一个发生了许多事情的早晨，关于这天出现了一个颇为有趣的情形，就是有一种惊讶被弄颠倒了的感觉：破天荒的事倒是见怪不怪，而恰恰是那些早已熟知的事却让她感到陌生的讶异。

拂晓时分她醒来，开始了这一天；她哥哥和新娘那夜似乎就睡在她心底，所以她醒来第一瞬间的意识就是婚礼。紧跟着她就想到了小镇。眼下就要离开家园，她油然生出一种新异的感觉，在最后这一天，小镇似乎在呼唤她，正等待她。她屋里的窗上是一片清凉的黎明青蓝。麦基恩家的老公鸡正喔喔报晓。她飞快起床，拧亮床头灯，发动小马达。

困惑的是昨日的老弗兰琪，可弗·简茉莉不再迷惘：她觉得自己对婚礼熟悉已久。这与分割两个白昼的黑夜不无关系。在过去的十二年里，每当什么变故突如其来，总会跟着困惑；可睡过一个黑夜到了第二天，变故就不再显得那么突兀了。两年前的夏天，她和韦斯特一家一起去圣彼得港的海湾，海边第一个傍晚，扇贝轮廓的灰海，空寂无人的沙滩，对她来说就像身处异国，她到处走，乜斜着眼一个劲看，看不懂的就伸手去摸摸。可过了第一夜，次日她一觉醒来，就好像圣彼得港她已熟悉了一辈子。眼下婚礼也是这情形。她不再有疑惑，脑筋动到其他事情上去了。

　　她坐在书桌前，只穿了蓝白条纹的睡裤，裤脚管绾到膝盖上，光着脚丫，右脚前掌点地抖个不停，她思忖着最后一天必须做的事。诸事中有些她能跟自己说得清楚，有些她却没法掰指头数出来，也没法列清单。她决定从做自己的名片着手，用飘飘然倒向一边的字母在小卡片上刻印"弗·简茉莉·亚当斯绅士小姐①"。于是她戴上自己的绿色遮阳鸭舌帽，裁了些硬卡纸，往两只耳朵背后夹了几支钢笔。可她心却是七上八下，在别的事情上绕来绕去，不多一会儿，她开始打点着准备去镇上。这天早晨她打扮得很仔细，穿上最好最有大人韵致的衣裳，那件粉色蝉翼纱连衣裙，还涂了口红，喷了点"甜蜜小夜曲"。她下楼时，她父亲已经在厨房

---

① 原文为 Miss F.Jasmine Addams, Esq.。Esquire 是对男性的尊称，在英国表示地位仅次于骑士的绅士。

里忙东忙西了，他是一个习惯很早起身的人。

"早上好，爸爸。"

她父亲名叫罗伊尔·昆西·亚当斯①，他拥有一家珠宝行，就开在镇上离主街不远。他从喉咙里咕哝了一声，算是回答她，因为他是大人，三杯咖啡不下肚，这天是不会开口的；在他将鼻子凑到砂轮下的一天开始之前，他应该享受一点小小的清静。有一回夜间弗·简茉莉起床喝水，就听见他在屋里折腾；今天早晨他脸色煞白，白得像奶酪，眼睛发红，疲惫的模样。这个早晨他对咖啡碟子很不满意，因为咖啡杯在碟子上咔哒咔哒响，不肯站稳，所以他干脆将咖啡杯直接搁在桌面或灶头上，弄得到处都是褐色圆印，苍蝇笃悠悠在上面停成一圈圈的。地板上撒落了些许糖粒，他每踩一步，脚下砂砾般的咔嚓就叫他脸部肌肉抖一抖。他今天早晨穿着膝盖垮垮的灰裤子，蓝衬衫，领口敞着，松松吊着一根领带。自从六月份以来，她对他心里结着暗暗的怨恨，尽管她自己几乎不承认——自从那天夜晚他问谁是那十二岁的长脚鹭鸶大冒失鬼，还想跟她老爸爸一起睡——然而现在她怨恨不再。突然之间，在弗·简茉莉眼里，她感觉这是第一次看见她父亲，她看见的父亲不仅是此刻的他，旧日情景在她脑中也盘旋起来，彼此交叠。变幻着、飞掠着的记忆使

---

① 原文为 Royal Qunicy Addams。Royal 意为王族，尊贵，作为名字相当稀有。而姓氏则谐音 Qunicy Adams，美国第六届总统的姓名。这是作者给出的一个幽默名字。

弗·简茉莉稳住脚跟站定，翘起脑袋，不仅从这屋里，同时从她心里，看着他。然而有些事必须要说，当她开口，她的声音并没有不自然。

"爸爸，我想现在我该告诉你。婚礼之后我不回来了。"

他是长着耳朵的，一圈紫罗兰色的耳廓，耷拉着，能听见，但他没在听。他是个鳏夫，因为她母亲就死在她出生的当天——既然是鳏夫，他因此守着自己的老一套。有时候，尤其在一大早，她说的话、提的新建议，他是听不见的。于是她尖起嗓子，把话凿进他脑瓜去。

"我得买件婚礼裙，还有婚礼鞋，一双粉红透明丝袜。"

他倒是听见了，思忖了一下，给她一个许可的点头。玉米稣慢慢翻滚，冒着黏稠的蓝气泡，她一边摆桌子，一边看着他，看着往日记忆。那些冬日早晨，结着霜花的窗格子，热气腾腾的灶头，她正伏在桌上临时抱佛脚对付回家作业，他越过她肩头俯下来，指点她做算术难题，他结老茧的棕色手，他给她作解释的声音。她还看见，那些湛蓝而漫长的春天傍晚，她父亲坐在暗下来的前廊里，脚搁在栏杆上，连瓶喝冰镇啤酒，啤酒是他差她去芬尼小铺买回家的。她看见他在珠宝店里弯腰凑在操作台上，往汽油里蘸一圈小发条，或戴一副圆咕隆咚的珠宝师夹鼻眼镜，边吹口哨，边研究一块手表。记忆说来就来，打着漩涡，每一片都带着它独有的季节色彩，平生第一次，她回望自己整整十二年的人生，作为一个整体，远距离地想它。

"爸爸，"她说，"我会给你写信的。"

他像一个丢了什么但又忘记到底丢了什么的人，在清早一股隔夜宿馊气的厨房里走动。望着他，她忘了旧怨，她感到歉疚。等她这一走，剩他孤零零一人在家了，他会想念她的。他会很落寞的。她想说抱歉，说她爱他，可就在这当口，他清了清嗓子，是他要做她规矩时那种特别的清嗓子做派，说道：

"请你是不是可以告诉我，后廊我工具箱里的活动扳钳和螺丝起子去了哪里？"

"活动扳钳和螺丝起子——"弗·简茉莉站着，肩膀耸了起来，她抬起左脚勾住右小腿肚，"我借走了，爸爸。"

"眼下在哪？"

弗·简茉莉想了想："在韦斯特家。"

"现在仔细听好我的话，"她父亲说，举着刚才搅玉米穇的一把勺子，边说边挥，给自己的话加逗点，"要是你既没脑子又不搞懂什么该碰什么不该碰——"他朝她威吓地横着眼睛，横了好久，方说："那你就得挨训。从现在起，你规矩点。不然你就得挨训。"他突然吸了吸鼻子。"烤煳了？吐司？"

弗·简茉莉那天离开家门时，天尚早。暖灰的曙色已泛出了白亮，天空像一幅润湿淡蓝的水彩画，刚上彩，尚未干。明朗的空气里弥漫着新鲜的气息，晒得焦黄的草叶上沾着清亮的露珠。弗·简茉莉可以听见街上不远处一户人家后院有小孩子们的声音。她听见邻里的小孩子们大呼小叫，他们正倒腾要挖游泳池。他们有大有小，高高矮矮，什么团体的成员都不是，过去几年的夏天，老弗兰琪就好比镇上那一带泳池挖掘队的首领或总裁——可现在她十二岁了，她心里早就有数了，尽管他们在各家院落里东挖西掘，相信最终会挖出一泳池清亮亮的水来，其实到头来只会挖出一个泥浆大浅坑而已。

弗·简茉莉穿过自家院子，她从自己的心目中看见了那一窝小毛孩，听见街上传来他们的嚷叫——而在这个早晨，今生第一回，她从那嚷叫里听出了些暖心的东西来，她感动了。而且，奇怪的是，令她厌恶的自家院子竟多少也感动了她，她觉得自己好久没见到它了。就在那边榆树底下，是她的老冷饮摊头，一口轻便货物箱，可跟随树荫的挪移而拖着走，其上一招牌写着：露珠小馆。早晨时分，她通常已经坐定，摊下摆好灌了柠檬水的饮料桶，摊上跷着她的光脚丫，一顶墨西哥草帽斜盖在脸上——她闭着眼睛，嗅着被太阳晒出来的温暖而浓郁的干草气味，等着客人。有时候会有些个买主，她接着就差约翰·亨利去大西洋—太平洋杂货店买糖果来吃，其他时候，软肋叫魔鬼撒旦抓住，她自己把存货一饮而空。今天早晨，冷饮摊头看上去很小，摇叮摇当，而她知道自己从此不会再摆这摊了。弗·简茉莉把这看成一件发生在很久以前而且从此结束了的事。陡地一个计划跃入她脑中：过了明天，等她和简妮丝与简维斯在一起，在某个遥远的他乡，她会念起旧日，并且——可这是一个弗·简茉莉来不及想完的计划，因为一当那两个名字笼上心头，婚礼的喜悦就盈满了她的五脏，她就禁不住发抖，尽管是八月。

主街，在弗·简茉莉看来，也像是久别重逢，虽说就在礼拜三她还在这条街上晃悠。街上有砖石外墙一模一样的铺子，延伸四条来街，还有高大白色的银行大厦，再就是远处带许多窗户的棉纺厂了。一条狭窄的草地把宽阔的大街分成两边，两边的车辆都走马观花似的慢吞吞地行驶着。亮得耀眼的灰色人行道，过往的行人，铺子前面的条纹布遮阳篷，都是老样子——然而，这天早晨在这条街上溜达，她觉得悠闲自在，就像个从未到访过小镇的游人。

还不仅如此；她沿着主街左侧的人行道往下走到头，刚要拐上主街右侧的人行道往上走，又有了进一步的新发现。这与她一路上交臂而过的各种各样的人有关，这些人里，有些她熟识有些她陌生。一个有色人种老头，笔挺而尊严地坐在嘎吱嘎吱响的车座上，赶着一头遮眼罩的可怜骡子上礼拜六集市。弗·简茉莉瞧着老头，老头也瞧着她，光从表面上看，就是这么回事。然而对上眼的那一瞥里，弗·简茉莉却感觉到她的眼睛和他的眼睛之间有了一种全新的难以名状的沟通，好像他们彼此是熟识的——更有甚者，当他的骡车碾着小镇的石铺路面，嘎吱嘎吱驶过她身边，他的家园、乡间小道以及静悄悄的深绿色松树种种景象居然在她眼前倏忽之间呼呼闪过。而她也想让他知道她——关于婚礼。

在主街的四个街区里，同样的情形接二连三不断发生：与一位走进麦杜古铺子的太太，与一个在第一国家银行大厦前面等公交车的小男人，与她父亲的一位名叫图将·瑞安的朋友。是一种无法用语言表述的感觉——后来她在家里试着说这事，贝拉妮斯挑起两根眉头来，嘲弄的口吻拖腔拉调说：沟通？沟通？可不管怎么说，就是有的，这种感觉——一种沟通，就像对呼唤的回应那么亲近。还有，在第一国家银行前面的人行道上，她捡到了一角硬币，碰上其他日子，一定是天上掉下来的大惊喜；但这个早晨她只不过停下脚来，将硬币在连衫裙前摆上擦擦亮，就收入自己的粉红钱袋，如此而已。她走在清爽碧蓝的晨空下，感觉是一种油然新生的轻松、强大、有定力、有资格。

她最先跟人讲婚礼的事是在一家名叫"蓝月亮"的场所，她是转来转去才转进"蓝月亮"来的，因为"蓝月亮"不在主街，它坐落在一条叫前街的临河街道上。她来到这地带，是因为她听见猴儿和耍猴人的风琴声，便立即朝这边过来找他们。整整一个夏天，她都不曾见到猴儿和耍猴人，在镇上的最后一天竟与他们不期而遇，在她看来这似乎是某种兆头。她太久没见到他们了，弄得她有时想他们那一对儿也许已经死了吧。他们冬天不上街耍戏，因为寒风会把他们吹出病来；十月里他们往南去佛罗里达，直到暮春天气转暖，他们方又回小镇来。

他们，猴儿和耍猴人，虽说还游走其他小镇——但她记得所有夏季里，老弗兰琪都会在这些浓荫的街上撞见他们，除了今年。小猴儿讨人喜欢，耍猴人也和和气气；老弗兰琪向来喜欢他们，眼下她等不及要跟他们说说她的计划，要告诉他们婚礼的事。因此，她一听见那似有似无、轻曼飘忽的风琴，便立即循声而去，琴声听来是从临河的前街那边飘过来的。她于是从主街拐个弯，匆匆穿过侧街，马上就要到前街时，风琴声却断了，她在前街左顾右看，不见猴儿也不见耍猴人，一切都静悄悄的，根本不见他们的影子。没准他们在哪条门廊或店铺里歇脚呢——所以简茉莉放慢脚步走着，留着神。

对她来说前街颇具吸引力，尽管街上开着镇上最落拓、最窄小的店铺。街的左边是仓库，仓库之间的夹缝里可瞥见黄的河与绿的树。街的右边有一处挂着牌子，上面写"军人预防站"，这地方做的生意总勾起她的好奇；还有一些其他地方：一爿臭烘烘的鱼肆，从橱窗望进去，碎冰上卧着孤零零一条鱼，惊愕的鱼眼珠子从里瞪着；一家当铺；一家二手衣物店，狭窄的店门口挂着过时的衣衫，铺外的街边排了一溜破烂的鞋。最后就是一个叫做"蓝月亮"的场所了。街面用砖块马虎地补过，烈日之下显得高高低低不好对付；她就沿着排水沟走，一路有鸡蛋壳和烂柠檬皮儿。这不是上好的街道，尽管如此，老弗兰琪还是一直喜欢在某些时候来这里逛逛。

早晨和平日的下午，这条街很安静。可临黄昏或值节日，满街会聚集着来自驻扎在九英里外军营里的士兵。比起镇上其他地方，他们似乎更偏爱前街，碰上有些时候，这条砖石街宛若一条河，流动着褐色军服的士兵。他们逢节假日来这里，一帮一帮的，大声说笑，或伴着大姑娘们在街上逛。老弗兰琪总是望着他们，满心羡慕；士兵们来自全国各地，不久即将奔赴全世界各地。在迟迟不肯离去的夏日黄昏，他们总是成群结队地来来去去——而穿卡其短裤、戴墨西哥草帽的老弗兰琪，只好一个人远远地望着他们。远方的市声喧响和雨雪阴晴在他们周围的空气里浮游。她想象着这些士兵来自的一座座城市，琢磨着他们将去的各个国家——而她却永远滞留在这座小镇。潜隐的嫉妒搅得她心里难受。然而今天早晨只有一个愿念占据了她的心：跟人说说婚礼的事和她的计划。因此，她沿着滚烫的砖石街一路走，一路寻找猴儿和耍猴人，便来到了"蓝月亮"，她忽然想，没准他们在里头呢。

　　"蓝月亮"坐落在前街的底端，老弗兰琪那时经常站在人行道边，手掌和鼻子扁扁地贴着纱门，瞅里面的热闹。客人们，大多是士兵，有的坐在火车厢座里，有的在柜台边站着喝东西，有的则围着自动点唱机。有时候会突然一阵骚乱。一天向晚时分，她路过"蓝月亮"，听见粗蛮的吵架声，还有像扔瓶子的声音，正当她在街沿站定，一名警察推搡着一个像是被打伤、两腿直哆嗦的汉子走了出来。汉子又哭又嚎；他撕裂的衬衣上有血，肮脏的眼泪从脸颊上滚下来。那是一个彩虹雨后的四月下午，终于一辆黑马利亚①一路拉响警笛来了，可怜那被逮住的犯人被扔进囚笼，往监狱扬长而去。老弗兰琪对"蓝月亮"是很知道的，尽管她从未踏进去过。纱门没上锁，没牵门链，也没明文规定，没什么将她挡在门外。不过不用明说她就知道此地是儿童的禁区。"蓝月亮"是节假消遣的士兵和无牵无挂的成人的去处。老弗兰琪知道自己进去是名不正言不顺的，所以她只是绕着周边兜来兜去，从来还没踏进去过一回呢。但是今天早晨，婚礼当前，一切都改变了。她从前知道的老规矩对弗·简茉莉来说毫无意义了，她想都没多想就从街上一脚跨了进去。

　　那红头发大兵就在"蓝月亮"，他将以一种如此令人料

_____
① 原文为 Black Maria，指押送囚犯的警车。

072

想不到的方式，穿插在婚礼前日一整天的故事中。弗·简茉莉最初并没留意到他：她要找耍猴人，可他却不在。除了大兵，店堂只有"蓝月亮"的老板，一个葡萄牙人，正在柜台后面站着。这人是弗·简茉莉选中成为叙述婚礼的第一名听众，他之所以中头彩，只不过他最可能，最近便而已。

从明晃晃的街上跨进屋，"蓝月亮"显得幽暗，柜台背后有一面灰绰绰的镜子，镜子上方点着蓝色霓虹灯，把店堂里的人脸照得光青光青，一台电风扇慢吞吞转着头，于是店堂里便有一浪浪扇贝状的污浊热风扫过。一大早这时段，此地相当静。店堂从这头到那头排着火车厢座，都空着。店堂笃底，有一条亮着灯盏的木扶梯，通向二楼。店堂一股跑了气的隔夜啤酒和早晨咖啡的气味。弗·简茉莉向柜台后面的老板要了一杯咖啡，他端给她后，就和她面对面地坐在柜台背后的高脚凳上。这人有一张扁塌塌、白臜臜的脸，愁眉不展的样子。他系着一领长白围裙，躬着背，两只脚歇在凳子横档上，坐着读一份罗曼故事杂志。述说婚礼的欲望在她心里积聚着，弓已上弦，她再也按捺不住，她在心里搜索恰到好处的开场白——要老到，又要信手拈来，以此展开他们两人之间的交谈。她说话了，声音有点儿发抖："这真的①不是个合乎节气的夏天，是不是？"

---

① 此处弗·简茉莉正确使用了"certainly"这一词，可见她说话颇费心思，欲作成人语。

一开始葡萄牙人好像没听见她，继续看罗曼故事杂志。于是她重复了一遍刚才的话，一当他目光转向她，注意力被她吸引，她便抬高了声音："明天我这位哥哥和他新娘要在冬岭结婚。"她直奔主题，就像马戏团小狗跳纸圈儿，说着说着，她声音越来越清晰，明了，肯定。她说着自己的计划，听来就好像大局已定，没一丁点可质疑的。葡萄牙人歪着头听着，黑眼睛外面一圈灰，一双青筋暴突、无血色的湿手时不时往自己污渍斑斑的围裙上揩。她说了婚礼，说了她的计划，他既不反对，也不质疑。

她想起贝拉妮斯来，她觉得，比起说通你自家厨房中人，让偶遇的陌路人认识到你心中最热切的愿想要容易多了。吐出某几个字眼——简维斯，简妮丝，婚礼和冬岭——所给予她的激动是那么强烈，以至于她说完一遍还想从头再来一遍。葡萄牙人从耳朵背后摘下一根烟，在柜台上笃笃笃敲实，不过没点上。在不自然的霓虹灯光里，他看上去一脸惊愕，她说完了，他却无话。婚礼的叙说还在她脑中余音缭绕，就如拨动吉他，那最后一声和弦的余声悠然回荡，经久不去，弗·简茉莉掉转头望店堂门口，望向外面被门框镶住的一片明晃晃的街景：有黑人在街上走过，脚步在"蓝月亮"里激起回声。

"给我一种怪有意思的感觉，"她说，"要知道我在这镇上住了一辈子，而明天之后我将永远离开此地。"

074

就在这时候，她才第一次注意到他，那大兵，他最终竟会那么离奇地扭曲了这漫长的最后一日。事后细想，她试图回忆后来发疯的某些蛛丝马迹——可当时在她看来，他和任何一名柜台旁站着喝啤酒的士兵没什么两样。他长得不高，也不矮，不胖，也不瘦——除了一头赤发，就没一丁点特别了。他只是几千名从附近军营里来小镇的士兵中的一个。可当她凝视大兵的眼睛，在"蓝月亮"幽暗的光影里，她意识到自己是以一种全新的目光在凝视他。

　　那个早晨，有生以来第一次，弗·简茉莉不感到嫉羡。他也许来自纽约或加利福尼亚——可她不羡慕他。他也许要奔赴英格兰或印度——她也不嫉妒他。在这个不安的春季和惶乱的夏季里，她揣着一颗疼痛的心观望着那些士兵，因为来来去去的是他们，而她却永远被铆在这座小镇上。可婚礼之前的这一天，一切都改变了，当她凝视着大兵，她的目光中不再有嫉妒和渴望。这天，她不仅感受到自己与全然不搭界的陌生人之间滋生出的一种无法解释的沟通，而且还有了另一种对上了眼的认同感：在弗·简茉莉看来，他们交换了一种友善而特别的凝视，是无所羁绊的天涯旅人在途中停歇，萍水相逢时的那种。那个凝视是深长的。卸去了嫉妒的重荷，弗·简茉莉感到心里坦荡安然。"蓝月亮"里静悄悄，婚礼的叙说似乎还在屋里慢声细语着。天涯旅人之间这一深长凝视之后，最终，是大兵先掉开目光。

"是的，"过了片刻，弗·简茉莉道，她的话并没特别冲哪个人说，"这给我一种忒有意思的感觉。就好像我必须今天一天里做完倘若我在小镇过一辈子该做的一切事情。所以我想我得赶紧才是。Adios①."她最后那句话是冲葡萄牙人说的，一边说一边不由自主地伸手去掀头上戴了整个夏季——除了今天——的墨西哥草帽，却掀了个空，这一举止虎头蛇尾，手好不尴尬。她赶紧挠挠头皮，最后朝大兵瞥了一眼，就出了"蓝月亮"。

这个早晨与她所知的其他任何早晨都不同，原因若干。首先，当然有婚礼的事要说说。很久以前，老弗兰琪曾经很喜欢在镇上玩一个游戏。她在镇上到处转悠——从草坪住宅区的镇北，到凄清的工场区，到有色人种聚居的甜村——扣着她的墨西哥草帽，脚蹬高筒系带靴，腰间扎一条牛仔用的绳子，到各处假装墨西哥人。英语我不会——Adios Buenos Noches②——哇哩哇哩，吧啦吧啦，她模仿西班牙语，叽里呱啦信口胡诌一气。有时候会聚拢来小小一群孩子，老弗兰琪便又得逞又得意地抖起来——可游戏一结束，她回到家就会生出一种自欺欺人的不满来。今天早晨让她想起从前玩墨西哥人游戏的日子。她去了同样的地方，而碰上的人——对她来说差不多都是陌生人——也都一样。但今天早晨她却没

① 西班牙语：再见。
② 西班牙语：再见，晚安。

假装谁，也没耍计谋捉弄谁；远非如此，她只想让别人认识真实的自己。这种被了解、被认可的欲念如此之强烈，弗·简茉莉竟忘记了火辣的阳光、呛人的尘土以及遍访全镇的好多英里长路——准有至少五英里地。

关于这天不同于其他日子的第二个原因是，那些遗忘的音乐突然从记忆里蹦了出来——管弦乐小步舞曲的片段，进行曲的调调，还有华尔兹，还有哈尼·布朗的爵士号——弄得她穿漆皮鞋的两只脚下总是踏着某一曲调。有关这天早晨不同之处的最后一个原因是，她的世界似乎分成了三个层面，老弗兰琪的整整十二年，眼下的今天，他们三"简"客——将在天涯海角从此相守的未来岁月。

她这么走着，身后不远就好像有老弗兰琪的幽灵，灰头土脸、目光贪馋地拖沓着脚步，悄没声儿跟踪着她，而对婚礼之后的未来愿想，恒长如天空。单就这一天而言，它与漫长的过去和明媚的未来同等重要——就如合页之于一扇双向门。正因为这是过去与未来交汇的一天，弗·简茉莉对它的漫长和离奇并不感到困惑迷茫。因此这些便是为什么弗·简茉莉感觉——用语言说不太清楚——这个早晨迥异于她这辈子里任何其他早晨的主要原因了。所有这些事实和感觉里，最强烈的莫过于让真实的自己被别人了解并认可的需要。

沿镇北树荫掩映的人行道走，离主街不远，她经过一排挂着蕾丝窗帘的寄宿舍，屋舍回廊栏杆背后摆着空椅，最终她碰上一个正清扫自家前廊的妇人。对这位妇人，弗·简茉莉以评论天气打开话头，之后她告诉妇人自己的计划，就跟她告诉"蓝月亮"咖啡馆里的葡萄牙人以及那天她将会遇见的所有人那样，婚礼的叙说有了一段尾声，一段开头，有了一支歌谣的样式。

首先，就在她要开始的瞬间，心头陡然降下一片柔静，之后，随着一个个名字的报出，计划的展开铺陈，飞升起一种渐强的轻快，最后，踌躇满志地结束。妇人倚着扫把听她。她身后是一条洞黑的门厅，厅里一条没铺地毯的楼梯，楼梯左侧一张搁信件的桌子，洞黑的门厅里冲出一股浓重刺鼻的煮芜菁气味。浓烈的气味和洞黑的门厅似乎与弗·简茉莉的喜悦交融在一起了，当她凝视妇人的眼睛，她爱上了她，尽管连她的名字都不知道。

妇人既不反驳也不责备。她什么话都没说。直到最后弗·简茉莉正转身要走，妇人这才说："哎呀，吓我一大跳。"不过这时一段欢快、轻捷的进行曲调摆动起弗·简茉莉的两只脚，她已经又匆匆上路了。

到了夏花园草坪绿茵茵的一片住宅区，她拐上一条小路，遇见几个正在修路的工人。空气里弥漫着熔化柏油的刺鼻气味，滚烫的砂石和隆隆的牵引机，以及闹哄哄的兴奋。这回是开牵引机的司机中了弗·简茉莉的头彩，聆听她的计划——她跟在他身边跑着，仰头望着他晒黑的脸，她不得不举起双手围在嘴边作喇叭状，这样才能被听见。就算这样，她还是吃不准他听明白了没有，因为她停下来时，他哈哈大笑起来，冲她喊回来什么，而她没怎么听清楚。就在这里，在这一团喧嚷和兴奋中，弗·简茉莉看到了不折不扣的老弗兰琪幽灵——挤进闹猛地方去凑热闹，嘴里嚼一大团碱烟，中午时分转悠着看别人打开一只只午餐盒。离修路工人不远的街边停着一部漂亮大摩托，离开之前弗·简茉莉眼热地把摩托瞧了一回，接着对准宽舒的皮座啐了一口唾沫，用拳头仔细将它擦擦亮。这地方是位于镇边的高尚地段，新盖的砖石住宅，路沿围着簇簇鲜花的人行道，汽车停在砖石车道上；不过地段越高尚，来往的人就越稀少，所以弗·简茉莉便又返身往镇中心走去。太阳烧得滚烫，她头上像顶着一只铁镬盖，衬裙汗津津地前胸贴后背，就连蝉翼纱连衣裙也湿透了，不时粘在身上。进行曲调调逐渐疲软，软成小提琴吟出的梦幻曲，慢了她的步履，慢成一种晃荡。脚下踩着这种音乐，她走过主街和棉纺厂，走入歪歪斜斜的灰暗厂房区，来到小镇的另一侧，在这里，在呛人的尘土与寒酸、破败、灰暗的棚屋区，会有更多听众，可以跟他们说说婚礼。

　　（她这么走着，不时会有一个细小说话声在她的心底嗡嗡响。是贝拉妮斯的声音，过些时候她就会知道有关今天早晨的事了。你就这么四处游荡，那声音说，和浑身不搭界的陌生人搭讪！这种事儿我这辈子从来不曾听说过呢。让贝拉妮斯的声音像一只苍蝇嗡嗡嗡，听见了，就当没听见。）

从厂房区那些寒酸陋巷、歪斜小街，她跨过分隔白人小镇与甜村之间看不见的分界岭。和那边工厂区一样，这里也有同样的两开间棚屋和破败的户外茅厕，但这里茂盛的圆冠楝树投下一团团浓荫，廊台上常见花盆里种了悦目的蕨草。镇上这一带她是太熟悉不过了，她走着走着，发现自己走进了记忆，这些熟悉街巷在很早以前、在不同天气的记忆——苍凉凛冽的冬日早晨，洗衣妇黑铁锅下的橘黄火焰都似乎簌簌发抖，还有秋风萧瑟的黑夜。

而此刻，日光明亮炫目，她遇见许多人，和许多人说话，其中有些她眼熟，知道姓甚名谁，有些则素不相识。婚礼的事每讲一回，就更挺括，更定型，最后终于变得不可更动了。到十一点半，她已经疲惫不堪，即便脚下的调调也累垮地拖拖沓沓，让别人认可真实自我的需要也得到了满足。于是她回到了最初出发的原点——主街，在白炽的烈日下，亮得晃眼的人行道被炙烤着，几乎无人。

她每次去镇上总会去父亲的铺子弯一弯。铺子虽和"蓝月亮"同在一个街区，但离主街只有两个门面，地段要好得多。铺子门面狭窄，橱窗里陈列着嵌在丝绒盒中的贵重珠宝首饰。窗户后面是她父亲的操作台，沿街走过店铺，你能望见她父亲在里面忙着，他低头凑在小小的手表上，褐色大手轻盈地悬空动着，细巧如蝶飞。你可以看出来她父亲就像个小镇名流，他姓甚名谁、他的尊容大家都知道。可她父亲却并不以此为骄傲，对那些停下脚来朝他望视的人，他甚至连眼皮都不抬一抬。不过今天早晨他并没在操作台前，而在柜台后，正将衬衫袖管往下捋，准备穿上外套要出门的样子。

　　长条的玻璃展示柜里闪亮着珠宝首饰、手表和银器，铺子里可闻到修钟表用的煤油味儿。她父亲伸出一根食指拭去长人中上的汗粒儿，不耐烦地搓搓鼻子。

　　"天晓得整个早晨你跑哪去了？贝拉妮斯挂了两次电话过来要找你。"

　　"我跑遍了镇上所有地方。"

　　可他没在听。"我要去你裴特姑姑那里，"他说，"她今天得到一个不幸消息。"

　　"什么不幸消息？"弗·简茉莉问。

　　"查尔斯大叔死了。"

　　查尔斯大叔是约翰·亨利·韦斯特的舅公，虽说她和约翰·亨利是嫡亲堂姐弟，但查尔斯大叔和她不沾血亲。他住在二十一英里外的仁佛路上一栋树荫掩映的乡间木舍里，周围一片火艳的红棉田。他是个很老很老的老人，已病了多日；都说他一只脚早已踩进坟墓里——可他总穿着一双卧室软拖鞋。这回他死了。不过这事与婚礼无关，所以弗·简茉莉只是说："可怜的查尔斯大叔。真的哩很遗憾。"

　　她父亲走回破旧灰丝绒帘子的背后，丝绒帘子把店堂分隔为二，前店堂大空间和后面积尘的私人小空间。后间帘子背后有一台饮水器，几架子筐盒，一口防夜盗、锁钻戒的大铁保险箱。弗·简茉莉听见她父亲在后间走动，她当心地在窗前的操作台边坐好。一只手表已经拆散，摊在绿色绒面板上。

她身上流动着相当浓稠的钟表师血液，老弗兰琪向来喜欢坐在她父亲的操作台前。她会戴上她父亲那副装着一只珠宝师放大镜的眼镜，蹙着眉忙活着，将东西往煤油里蘸蘸。她也会去摆弄摆弄车床。有时候会有几个路上晃悠的闲人聚在街上往里瞧她，她便想象着他们会这么说："弗兰琪·亚当斯替她父亲打工，一礼拜挣十五块钱呢。店里最难修的手表是她一手对付，她和她父亲一起去参加全球林叟樵夫兄弟会①。看看她。她是家族的光荣，更是全镇的荣耀呀。"她就这样一边蹙着眉忙得什么似的摆弄一只手表，一边想象诸如此类的对话。然而今天，她低头瞧着散在绒面板上的手表零件，却没去戴珠宝师放大镜。对于查尔斯大叔的死，她应该再说点什么。

等她父亲走回前店堂，她说："查尔斯大叔曾经一度是位杰出公民。他的死将是全郡的损失。"

这话似乎并没让她父亲对她刮目相看。"你最好回家

---

① 全球林叟樵夫兄弟会（Woodmen Of The World），一个非营利人寿保险组织，建于十九世纪末，主旨为会员之间的互利互助。

去。贝拉妮斯一直在打电话找你。"

"嗯，记得吗，你说的我可以买一条参加婚礼的礼裙，还有丝袜和鞋。"

"去麦杜古赊账就是。"

"我不懂干吗我们总去麦杜古买东西，就因为麦杜古是本地铺子，"她一边往门外走，一边咕哝，"我要去的地方，那里店家要比麦杜古大一百倍。"

第一浸礼会教堂尖塔上的大钟敲了十二下，纺织厂的汽笛也呜呜鸣响。街上浮着一种令人昏昏欲睡的静，哪怕一辆辆车鼻子冲街心草地斜停着的汽车，也像是累趴了打起盹儿来了。正午时分，寥寥几个来往行人紧贴遮阳篷下直短的阴影走。太阳夺去了天空的颜色，强光之下砖墙店铺似乎枯缩、暗黑——一栋楼的楼顶屋瓦饰有飞檐，远远望去，怪得就像砖楼烤得正在熔塌。就在这正午的静里，她又一次听见耍猴人的手风琴声，那琴声永远具有一种磁力，吸引她的脚步，她不由自主朝那方向走。这回她要找到他们，并跟他们道别。

弗·简茉莉匆匆往前赶，心里浮现着他们俩的模样——不知他们是否会记得她。老弗兰琪向来很喜欢猴子和耍猴人。他们彼此长得很像——他们俩都有一种焦虑的、试探的表情，就好像每一分钟里他们都在担心是否做错什么。实际上呢，小猴儿几乎总是出错：跟着手风琴跳过舞之后，他本该摘下他那顶可爱的小帽子，兜圈儿传给看客的，可他常会乱来，不是朝看客而是朝耍猴人又是鞠躬又伸出小帽子。耍猴人先是求他，接着便开始骂骂咧咧抱怨起来。他装作要捆小猴儿，猴儿会缩起脖子，也嘀嘀咕咕起来——他们俩彼此大眼瞪小眼，同样的又惊又气的表情，两张皱脸都很苦恼。着迷的老弗兰琪长时间地看他们表演，看完还尾随着他们走，脸上也开始有了同样的表情。眼下，弗·简茉莉急于见他们。

她能够清晰地听见手风琴时断时续的声音，可主街上却不见他们的踪影，他们在更远的地方，也许拐个弯就在下个路口吧。于是弗·简茉莉匆匆朝他们赶去。快到路口，她听见一些令她好奇的其他声音，便停下脚来细听。一个男人的吵嚷声压过了手风琴，还有耍猴人激动的尖喝。她还听见了小猴儿也在叽里咕噜。之后手风琴声陡地停了，两个不同的声音变得很响，很愤怒。弗·简茉莉已经来到路口，西尔斯·罗伯克百货楼就在这个拐角上，她沿着百货楼慢慢走，转了弯，见到一幅令人惊异的场景。

这是一条通往前街的下坡窄道，暴烈的日照下亮得耀眼。人行道上站着小猴儿、耍猴人和一个士兵，士兵伸出的手里捏着一大卷纸钞——乍一看，像有一百块钱的样子。士兵气汹汹，耍猴人青白着脸也相当激动。他们扯着嗓门争吵，弗·简茉莉听明白原来士兵想买下小猴儿。小猴儿自己则躲在西尔斯·罗伯克百货楼的砖墙脚,瑟瑟发抖。即便是酷暑天,它照样穿着镶银扣的小红外套,小脸惊恐而绝望,那模样就像一个人马上要打喷嚏。它发着抖,可怜巴巴地一个劲儿冲虚空鞠躬,将小帽子伸向中天。它知道那两条愤怒的嗓门儿是为了它,它觉得是它的过错。

弗·简茉莉站在近旁,屏息听着,她想把这场纠纷看个明白。可突然间,士兵一把拽住拴小猴的链子,小猴儿尖叫起来,没等她回过神来,小猴儿已经蹿上她腿,攀上她身,蜷缩在她肩头,两只小猴手抱住她脑袋。这事发生在一刹那,她猝不及防,瞬间惊呆了。争吵戛然而止,除了小猴儿期期艾艾的尖叫,小街死静。士兵惊得张口结舌,站着,握一卷钞票的手还往外伸着。

最先回过神来的是耍猴人;他朝小猴儿好声好气说了什么,紧接着小猴儿从她肩头一跃,跳上耍猴人背着的手风琴。他们俩拔脚就走。他们飞快绕过街角,就在拐弯消失的前一瞬,他们俩同时扭转头,脸上挂着同样的表情——责难的,又是狡黠的。弗·简茉莉倚着砖墙,感觉小猴儿仍在肩头,还能闻到它身上的酸臭和尘土气味;她打着哆嗦。士兵骂骂咧咧,直到那俩不见了踪影;弗·简茉莉这才注意到他一头赤发,就是在"蓝月亮"偶遇的那大兵。他将一团钞票塞进侧裤兜。

"它真的哩是一只可爱的小猴儿,"弗·简茉莉说,"不过它那样跳上我肩，我感觉实在太怪了。"

大兵似乎这才意识到她的存在。他的脸色渐渐变了，怒气消失了。他看着弗·简茉莉，从她的头顶心一路看下去，顺着她最漂亮的蝉翼纱连衣裙，一直看到她脚上的浅口黑高跟皮鞋。

"我猜你一定很想要那个小猴吧，"她说，"我也一直想要一个呢。"

"什么？"他问。接着他含糊不清地咕噜了一句什么，好像他的舌头是用厚毛毡或很厚的吸墨纸做的，"咱往哪里走？"大兵说，"跟我走还是跟你走？"

这个是弗·简茉莉始料未及的。大兵要与她结伴同行，就像一名旅人在观光小镇遇上另一名旅人。一时间，她想起从前似乎听见过这句话，也许在电影里——不仅如此，问的是一句套话，得用一句现成的套话来回应。可她不知道那句现成的回应套话，于是答得相当谨慎。

"你往哪里走？"

"勾上。"他说，伸出一只膀子来。

他们沿侧街往下走，踏着正午阳光下他们自己缩短了的影子。大兵是那天唯一一个先开口跟弗·简茉莉说话，邀她与他结伴同行的人。可她开始讲婚礼时，似乎缺少了什么。或许因为她已经在全镇跟太多人讲了自己的计划，讲到现在她可以心满意足地歇着了。或许因为她觉得大兵并没真的在听她。他从眼末梢瞟着粉红蝉翼纱连衣裙，他嘴角上挂着半丝笑。弗·简茉莉跟不上他的脚步，虽说她已尽力，可他两条腿儿像是松松地吊在身上，走起路来晃荡晃荡的。

"恕我冒昧，请问你是哪州人？"她礼貌地说。

他回答之前那一秒钟，有足够时间让她飘摇的心思闪过好莱坞，纽约和缅因。大兵答道："阿肯色。"

联邦四十八州，阿肯色是寥寥数个从未特别吸引过她的州之一——可她突然受阻的想象马上朝反方向掉了个头，她问道："那你知不知道要去哪里？"

"逛逛呗，"大兵说，"我休假三天，放松放松。"

他误解了她问题的意思，她问的是作为一名士兵，他可能会被派到世界上哪个国家去，可还没等她作解释，他说："拐过路口有家旅馆，我就住里面。"他眼睛依然铆住她连衣裙的褶领，接着又加了一句："我以前好像在什么地方见过你。你在'闲暇时光'跳过舞？"

他们沿前街走着，眼下街上开始积聚礼拜六下午的气氛来了。鱼肆二楼窗里有一女子当窗擦干她一头黄发，一边朝下面路过的两名士兵喊话。一个街头布道人，镇上的知名角色，站在街角向一帮仓库干活的有色人种男孩和几个瘦骨伶仃的小童布道。但弗·简茉莉却没心思顾及周围的事。大兵提到的跳舞和"闲暇时光"，就像传说故事里的魔杖，轻轻点住了她的心。她第一次意识到自己和一名士兵走在一起，和那帮在街上吵吵嚷嚷、嘻嘻哈哈，成群结队、大摇大摆，或者和大姑娘们相伴晃悠的人群中的一员走在一起。那时他们在"闲暇时光"跳舞，好不享受，而她老弗兰琪却在家睡大觉。她这辈子还从未跟谁跳过舞呢，除了艾芙琳·欧文；脚也从未踏进过"闲暇时光"。

现在弗·简茉莉同一位士兵走在一起，而这士兵已经在心里把她算进她还不曾享受过的好事里去了。可她并没觉得太了不得。其中有某种叫她忐忑不安的疑心，可她又说不清道不明。正午的空气滞稠、黏糊，像滚烫的糖浆，混合着从棉纺厂染房里冒出来的闷热窒息的气味。她听见微弱的手风琴似有似无从主街飘过来。

大兵停下脚步。"就是这家旅馆。"他说。

他们在"蓝月亮"跟前站定，听见把这地方叫作"旅馆"叫弗·简茉莉吃了一惊，她一直以为那只是一爿小饭馆子。大兵替她拉开纱门时，她注意到他身体有点儿摇晃。从阳光里一下子走进门，她的眼睛先是看见刺眼的一片红，接着一团黑，过了一分钟，它们才适应屋里的蓝光。她跟随大兵坐进右边一排厢座中的一张。

"来杯啤酒。"他说，口气并非询问，似乎想当然认为知道她的回答。

弗·简茉莉不喜欢啤酒的味道；有一两回，她从父亲的杯子里偷喝过几口，难喝。可大兵没留给她任何选择的余地。"我很荣幸，"她说，"多谢。"

她从来不曾去过旅馆，虽说她以前常会想到旅馆并且编进她的戏里。她父亲是住过好几回旅馆的，有一回还从蒙哥马利带回来两块小小的酒店香皂，她一直存着。她以全新的好奇环视起"蓝月亮"来。陡然之间，她生出了一种庄重感。落座时，她小心地将平裙裾，就像她参加聚会或上教堂，那样不至于坐皱裙褶。她坐得笔挺，脸上有了庄重的表情。不过"蓝月亮"在她看来仍然更像是一家小饭馆子，而不是一家正儿八经的旅馆。她没再见到那个苍白、阴郁的葡萄牙人，一个嘻嘻哈哈、镶了一颗金牙的胖妇人在柜台背后替大兵斟啤酒。顺店堂后面的楼梯上去，大概就是旅馆客房了，楼梯亮着一根蓝色霓虹灯管，铺了油地毡。收音机里正放着欢快活泼的广告大合唱：坦荡嚼嚼口香糖。坦荡嚼嚼口香糖！坦荡荡！啤酒味儿浓重的空气让她想到一间墙背后有死老鼠的屋子。大兵手里端了两杯啤酒走回厢座：他舔舔溢到手上的啤酒沫，将手在后屁股上擦了擦。等他坐定，弗·简茉莉说话了——一个绝对崭新的声音——发自鼻腔的尖声，又风情又端庄。

"你不以为这太令人激动了吗？此时此刻我们坐在这张桌边，一个月之后谁也不知道我们将在何方。也许明天部队就会派你奔赴阿拉斯加，就像我哥哥那样。或去法国去非洲去缅甸。而我也根本不知道自己将会在哪里。我真想咱们能去阿拉斯加待一阵，之后再去别的地方。他们说巴黎已经解放。据我看，战争下个月就会结束。"

大兵举起杯子，仰头咕噜喝了一大口啤酒。弗·简茉莉也喝了几口下去，虽然对她来说这味道实在糟糕。今天她眼里的世界不再是那样破裂、松散疏远彼此不相关、每小时飞旋一千英里，旋转着的战争和远方的景象也不再搞得她头晕目眩了。今天，世界从未这么贴近她过。和大兵面对面坐在"蓝月亮"厢座里，她蓦然间看见他们仨——她自己，她哥哥，还有新娘——沿着碧波凝成冰浪，层层叠叠铺展海滨的岸滩，走在阿拉斯加一片寒空之下；他们攀登一座沐浴着阳光、透亮着晶莹冷色的冰川，一根绳索把他们仨拴成一串，他们的朋友从另一座冰川上用阿拉斯加土话呼唤他们的名字："简——"她又看见他们在非洲，和一群披挂布片儿的阿拉伯人在一起，他们骑骆驼在风沙里奔驰。缅甸是老林幽深的国家，她曾经在《生活》杂志上见过些照片。因为婚礼，这些遥远的大地，这整个世界，仿佛全然成为可能，近在眼前：它们近冬岭，就如冬岭近小镇。倒是眼前的真实，在弗·简茉莉看来显得不太真实。

"是啊，这太令人激动了。"她又说了一遍。

大兵已喝空了啤酒，用布满雀斑的手背揩了一把湿搭搭的嘴。他的脸虽说不肥，但是胀鼓鼓的，在霓虹灯下油光发亮。他脸上散布着起码一千粒小雀斑，她觉得他唯一好看的是那一头火红鬈发。他长了两只蓝眼睛，凑得很近，眼白充血发红。他凝视着她那神情够怪的，不是一位旅人凝视另一位旅人的那种，倒像是分享着什么见不得人的密谋。他有那么几分钟没说话。之后他终于开口，他的话她听来云里雾里弄不懂。她觉得大兵好像这么说：

“一碟好菜[①]是哪个呀？”

可桌上一碟菜都没有，她不自在起来，觉得他开始故意闪烁其词、话中有话了。她想换个话题。

“我告诉过你，我哥是军队里的成员。”

但大兵似乎并没在听。“我敢发誓我在哪里见过你。”

弗·简茉莉的疑心更重了。这下她意识到大兵把她想得比实际岁数大得多，窃喜之中多少有些不踏实。为了找话，她说：

“有些人并不特别偏好红毛。不过红毛倒是我喜爱的颜色。”她想起了她哥哥和新娘，又跟了一句，“除了棕毛和黄毛。上帝让鬈毛长在男孩头上实在浪费，我一直觉得可惜。那么多女孩走来走去，一头毛笔笔直，直得像拨火棍似的。”

大兵凑向桌边，眼睛依然对住她，他的手指开始在桌上走，两只手的食指和中指，跨过桌子朝她走来。手指龌里龌

---

① Dish，俚语，漂亮的人，尤指女人。

龊，指甲盖下一圈黑黑的积垢。弗·简茉莉感觉有什么怪事要来了，就在这当口突然一阵闹哄哄，三四个士兵你推我搡拥进旅馆。人语嘈杂，纱门砰响。大兵的手指停止走动，他朝那群士兵扫了一眼，古怪的眼神从他目中消散了。

"那真的哩是个可爱的小猴子。"她说。

"什么猴子？"

疑心愈发加重，感觉哪里不对头。"哎呀，是说几分钟前你想买的猴子。你这是怎么啦？"

哪里真是不对头，大兵举起双拳顶住脑门儿。他身体疲软下来，往后仰靠在椅背上，瘫了似的。"哦，那猴子！"他口齿含糊不清地说，"喝了许多啤酒，又顶着太阳走了这一路。我折腾了一整夜。"他叹了口气，握拳的手松开了，摊开在桌上。"我想我是累垮了。"

弗·简茉莉这才开始纳闷自己在这里干什么，还纳闷自己这就回家去是不是不应该。那几名士兵聚在靠近楼梯的另一张桌边，镶金牙的妇人在柜台背后忙活。弗·简茉莉喝空了啤酒，空杯内壁留下细细一帘乳白色泡沫。旅馆内闷热、不通风的气味突然间让她感到蹊跷。

"我得回家了。多谢你的款待。"

她从厢座站起，可大兵朝她伸过手来，拽住她一角裙子。"嗨！"他说，"别就这么走掉。咱今晚安排个什么吧。九点约会，怎样？"

"约会？"弗·简茉莉觉得脑袋膨胀起来，散了架似的。啤酒使她的腿儿感觉奇怪，就像她要摆布的是四条腿而不是两条。碰上除今天以外的任何一天，几乎不可能有谁向她发出约会邀请，更别提此人还是一位士兵。约会这一词，属于大人词汇，是大姑娘们专用的。可是随即，她的窃喜又蔫了下去。倘若他知道她还不满十三岁，他是绝对不会邀约她的，也许连同她结伴走走都根本不会。有些烦乱，还有些不安。"我不知道……"

"好了，"他怂恿道，"这么说吧，我们九点在这里碰头。我们可以去'闲暇时光'什么的。配不配你胃口？九点在这里。"

"好吧，"她终于说，"我很荣幸。"

她又走在滚烫的人行道上了，暴烈的日头下，行人个个看上去都缩成黑乎乎、皱巴巴一小团。旅馆的半小时稍稍搅乱了她的心境，过了一小会儿才让她缓过神来找回早晨对婚礼的那种情绪。但并没用多少时间，等她拐上主街，婚礼的情绪已经恢复。她遇见一个在学校里比她低两级的小女孩，她拦路截住那女孩，把自己的计划告诉了她。她还告诉女孩有位士兵向她发出约会邀请，她说起这事的口气里不无夸耀。那女孩陪她一起去买出席婚礼的衣饰，花了一小时，也就是说试穿了一打有余的漂亮裙子。

当然，婚礼心境的完全回归主要还是因为回家路上发生的一件意外。那是视觉与想象玩弄的一手神招。她正往家赶，突然她心头猛地一震，就像一把飞刀刺进她，在她胸口震颤。弗·简茉莉顿时定格在路上，还举着一只脚，一时不能明白竟发生了什么。在她后侧有什么东西从她左眼末梢的余光里一飞闪，她恍惚瞥见有什么东西，两个并排的黑影，在她刚经过的小巷里。就因为这恍惚瞥见的影子，就因为她眼末梢余光里那一飞闪，她脑子里突然就蹦出她哥哥和新娘的印象来。白亮、炸裂如一道闪电，一时间她看见他们俩，就像那会儿他们俩一起站在客厅的壁炉跟前，他的手臂环着她的肩。这个画面在她心里如此深刻，以至于弗·简茉莉瞬间感觉简维斯和简妮丝就在她背后的巷子里，刚巧被她瞥见——尽管她明白，而且相当明白，他们在冬岭，几乎一百英里之外。

弗·简茉莉放下举着的脚，慢慢回转身去看。巷子夹在两爿杂货铺之间：是条窄巷，日头下显得黑。她没直接朝影子看，因为不知何故好像有点儿怯怯的。她的目光顺着砖墙慢慢往下溜，然后朝并排黑影再偷瞥一眼。那里是什么？弗·简茉莉呆住了。巷子里的只是两个有色人种男孩，一高一矮，高男孩的手臂环着矮男孩的肩。就这样——不过由于角度或他们站立的模样或姿势，突然在她心里唤出她哥哥和新娘那引起她震惊的印象来。早晨，就在这幻象的清晰与真切里结束；两点钟她到了家。

二

　　下午就像贝拉妮斯上礼拜一那只烤坏了的蛋糕芯。老弗兰琪对那蛋糕是"幸灾"并"乐祸"的，不是出于刁坏，而是因为她最爱吃烤塌的蛋糕。她喜欢湿糟糟、黏搭搭、最醇香的蛋糕芯，搞不懂为什么大人们认为这样的蛋糕是败笔。上礼拜一的那只，是长条蛋糕，四周发得高高的，酥松酥松，而当中却全湿湿地瘪塌着——过了一个心高气爽的明丽早晨，下午显得像蛋糕芯儿那样浓稠、笃实。又因为那是所有下午中的最后一个，弗·简茉莉在厨房的熟悉的老样子老调调里体味出一种陌生的甜蜜感来。两点钟她到家时，贝拉妮斯正在熨衣。约翰·亨利在桌边坐着，用一支线团芯子吹肥皂泡泡，他丢给她一个深长而诡秘的眼色。

　　"天晓得，你这是跑哪里去啦？"贝拉妮斯问道。

　　"有件事儿咱知道你不知道，"约翰·亨利说，"你知道是什么吗？"

　　"什么？"

　　"贝拉妮斯和我要去婚礼。"

　　弗·简茉莉正在脱蝉翼纱连衣裙，他的话吓了她一跳。

　　"查尔斯大叔死啦。"

　　"我听说了，可——"

"不错，"贝拉妮斯说，"可怜的老家伙今天早晨走了。他们要送他遗体去欧佩莱卡市的家族墓地。约翰·亨利要在我们这里住几天。"

　　既然她明白了查尔斯大叔的死从某种意义上会影响到婚礼，她便在脑子里给这件事腾出些空间来。贝拉妮斯熨完了衣裳，弗·简茉莉则穿着衬裙在通往她屋子的楼梯上坐着，她闭上了眼睛。查尔斯大叔住在乡下一栋树荫掩映的木舍里，他已经老到连玉米棒都啃不动了。这年夏天六月里他病倒了，打那以后他变得难伺候。他躺床上，皱缩、枯黄、衰竭。他抱怨说墙上的画挂歪了，于是他们把墙上挂着的所有镜框都——取下——不管用。他抱怨说他的床放错了位置，于是他们搬动床铺——不管用。之后，他失了声，他想要说话，但喉咙口好像堵满了糨糊，他们没法听懂他的话。一个礼拜天，韦斯特一家去探望他，带着弗兰琪一起去；她踮着脚尖来到后卧房敞开的门口。他看上去就如一个棕色木雕老人，盖着一层被单。只有他的眼睛还在动，像蓝果冻，弗兰琪怕它们也许会跌出眼窝，像两球湿淋淋的蓝果冻滚下他僵硬的脸。她站在门口盯住他看——之后就踮着脚尖走开了，她害怕。他们最终弄明白他抱怨的是窗户外进来的阳光照错了方向，然而如此折磨着他的不是这个。是死亡。

　　弗·简茉莉睁开眼睛。舒展了一下身体。

　　"死是件可怕的事！"她说。

"唉，"贝拉妮斯说，"老头儿很遭罪，他活到了天寿。主替他择定了日子。"

"我明白。可看来真是怪透怪透，他偏偏要死在婚礼前一天。还有你和约翰·亨利干吗非要屁股后面跟着去婚礼？我看你们待在家就行了。"

"弗兰琪·亚当斯，"贝拉妮斯道，她突然双手叉腰，"你是世上顶顶自私的人。我们一直给关在厨房里，而且——"

"别叫我弗兰琪！"她说，"我但愿从此不用再提醒你。"

是早些时候，以前总有个轻音乐队到这时候会开始演奏。眼下关了收音机，厨房萧瑟而寂静，可以听见远处的声音。街边传来一个有色人种的呼叫，低而含糊的嗓音喊着蔬菜名字；一声无词的、拖腔拉调的吆喝。不知从附近邻里什么地方，听得锤子敲响，每一下都敲出一轮圆润饱满的回音来。

"要是你知道我今天都去了什么地方，一定会叫你大大吃惊。全镇各个地方我都走遍了。我见到小猴儿和耍猴人。有个士兵捏了一百块钱要买下猴子。有人想在街头买猴子，你见过没有？"

"没有。他喝醉了？"

"醉了？"弗·简茉莉说。

"喔，"约翰·亨利说，"小猴儿和耍猴人！"

贝拉妮斯的问话惹得弗·简茉莉烦乱，她琢磨了一会儿工夫。"我不认为他醉了。没人会在大白天里喝醉，"她原本想把大兵的事告诉贝拉妮斯，可现在犹豫了，"不过，有件事——"她的声音轻下去，最后听不见了，她望着一只五彩肥皂泡无声地飘过厨房。在厨房里，光着脚丫，只穿一件衬裙，是很难让大兵显现出来，并对他品头论足的。至于晚上约会的许诺，她举棋不定。犹豫令她心烦，于是她换了个话题。"我但愿你今天已经把我的衣裳也洗了熨了。我得带去冬岭。"

"带去干什么？"贝拉妮斯道，"你只去一天而已。"

"你是听见我的，"弗·简茉莉说，"我跟你说过婚礼之后我不再回来。"

"傻啊傻。我实在是太高估了你呢。你凭什么认为他们肯要你跟他们一起走？两人成伴，三人添乱。这就是结婚的主要道理。两人成伴，三人添乱。"

弗·简茉莉向来认为驳倒谚语是件难事。她总喜欢在她剧本里、说话时抬出几句谚语来，要驳倒它们真的是很难，所以她便说：

"你等着瞧。"

"记不记得发洪水那会儿？记不记得诺亚和方舟？"

"又怎么和这个扯到一起来了？"她问。

"记不记得他是怎么收下那些畜牲的?"

"嗷,闭上你这大乌鸦嘴。"她说。

"一对一对,"贝拉妮斯说,"那些畜牲,他是一对一对收下的。"

那天下午的拌嘴,从头至尾都围绕着婚礼。贝拉妮斯就是死活不肯顺随弗·简茉莉的心思。她一开始就想一把揪住弗·简茉莉的衣领,像警察当场捉坏蛋那样,把她抓回她开始的地方——回到夏天,低迷而疯狂的、对弗·简茉莉来说已是记忆里一段早逝的日子的夏天。弗·简茉莉犟得很,就是不要被捉住。贝拉妮斯在她所有想法里到处挑刺找茬,从第一个字到最后一个字,可恶地使尽浑身解数,想方设法否定婚礼计划。不过弗·简茉莉不会叫这计划给否定掉。

"嘿,"弗·简茉莉说,她拿起刚才脱下的蝉翼纱连衣裙,"记不记得我买下这裙子时,领口有圈儿细裥。可你熨烫时干脆就当它没形没状的褶皱胡乱对付一通。现在我们得把细裥熨回本该有的样子。"

"谁来熨?"贝拉妮斯顶来一句,她拿起连衣裙,估量着领口,"我手上太多麻烦事,对付还来不及。"

"反正,得弄好,"弗·简茉莉顶回一句,"领口本该那样子。再说了,今晚我也许得穿它出门。"

"去哪里,还请告诉我?"贝拉妮斯说,"回答进门时我问你的问题。你整个早晨跑哪里去了?"

就跟弗·简茉莉早料到的一模一样——贝拉妮斯就是这样死活拒绝理解。因为这事更多是有关感觉的，而不是言语或事实，她发现解释起来很不容易。当她说到沟通，贝拉妮斯就朝她茫茫然、直愣愣瞪着眼睛——当她继续说到"蓝月亮"和许多人，贝拉妮斯那只狮子鼻张得更开了，她还大摇其头。弗·简茉莉没提大兵；尽管他就在嘴边，有好几次她差一点儿说出口，有什么东西警告她别说。

等她说完，贝拉妮斯道：

"弗兰琪，我真心觉得你叫我们抓狂。你满镇乱跑，把这套大胡话跟浑身不搭界的人到处讲。你心里清楚，你这样疯狂乱来纯属发痴。"

"你等着瞧吧，"弗·简茉莉说，"他们会要我的。"

"倘若他们不要呢？"

弗·简茉莉拿起装银色浅口皮鞋的鞋盒，用婚礼裙将它裹起。"这是我去婚礼穿的礼服。我待会儿就穿给你看。"

"倘若他们不要呢？"

弗·简茉莉正往楼梯上走，可她停下脚步，转身面向厨房。厨房很静。

"倘若他们不要我，我就自杀，"她说，"但他们会要的。"

"自杀，怎么杀？"贝拉妮斯说。

"我就用把手枪，脑门上给一枪崩了自己。"

"哪把？"

"爸爸收在五斗橱右边抽屉里，埋在手帕下和母亲的相片搁一起的那把。"

贝拉妮斯有一阵儿没回答，脸上表情是叫人揣摩不透的谜。"你是清楚亚当斯先生跟你说玩弄那枪的结果的话的。上楼去吧。正餐要过会儿才好。"

是一顿迟吃的饭，是他们三人一起坐在这张餐桌边同吃的最后一顿正餐。礼拜六他们开饭的时间通常不规则，这顿正餐他们下午四点才开始吃。此刻八月的日头已西，落得满院斜照着无精打采的长条阴影。下午这时辰，后院里光束一条条一道道，仿佛一座明亮而怪异的囚牢的栅栏。两棵无花果树碧绿而单调，葡萄棚上面夕光一片，下面浓荫一团。下午的斜阳照不进住宅的背窗，厨房便是暗幽幽的了。他们三人四点才开始吃饭，一直吃到太阳落山。餐桌上有用火腿高汤炖的"约翰跳墙"①，吃着吃着，他们就聊起了爱情。这个话题弗·简茉莉从小到大从未谈及过。首先，她从来不信有爱情这回事，她也从来不把它编进剧本。然而这天下午当贝拉妮斯提起这话题，弗·简茉莉倒没捂住两只耳朵，而是一边静静吃豆子米饭炖骨汤，一边不声不响地听着。

"我听见过许多怪事儿，"贝拉妮斯说，"我知到②有男

---

① 豇豆、大米炖咸肉饭。
② 原文 I have knew mens……以及下文 I have knew womens……是贝拉妮斯的语言习惯。

人家喜欢上丑得一塌糊涂的姑娘，真叫你怀疑他们眼睛是不是靠得住。我见过世上最最邪门的婚礼，邪门得谁都猜不出。我曾经认识一个小伙子，整张脸都烧坏，弄得——"

"谁啊？"约翰·亨利问道。

贝拉妮斯吞下一块玉米饼，用手背擦擦嘴。"我知到有女人家爱上名副其实的撒旦魔鬼，他们开豁的蹄子①跨进门槛时，她们对耶稣还感恩不尽呢。我知到有男孩子脑筋突然搭牢痴恋上别的男孩子。你认识丽丽·梅·简金斯吗？"

弗·简茉莉想了一会儿，然后回答道："我吃不准。"

"嗨，你要么认识他，要么不认识他。他穿着件粉红衬衫，一手叉腰，煞有介事到处走来走去。如今这位丽丽·梅恋上了一个叫琼尼·琼斯的汉子。一个男的，告诉你吧。丽丽·梅摇身一变成了个姑娘。他改变了他的天资、性别，变成了个姑娘。"

"当真？"弗·简茉莉问，"他真这样？"

"他真这样，"贝拉妮斯说，"彻头彻尾。"

弗·简茉莉挠着耳朵背，说："奇怪我想不出你在说谁。我还一直以为我认识好多人呢。"

"反正，你不用认识丽丽·梅·简金斯。不认识他你照样活。"

---

① 传说故事里，魔鬼的足常为偶蹄。

"反正，我不相信你。"弗·简茉莉说。

"反正，我不跟你炒①，"贝拉妮斯说，"我们刚才在说什么？"

"说怪事儿。"

"喔，对。"

他们消停了几分钟，继续吃饭。弗·简茉莉此时的吃相是胳膊肘趴在餐桌上，光脚踵勾住椅子横档。她和贝拉妮斯面对面坐，约翰·亨利面对窗坐。"约翰跳墙"是弗·简茉莉很爱吃的一道菜。她警告过他们，等她躺在棺材里时，千万记得拿一碟"约翰跳墙"在她鼻子底下晃出点香气来，以免铸成大错；只要还剩一口气，她就会坐起来吃，不过要是她闻到"约翰跳墙"却不动弹，他们便尽管放心盖棺打钉，她是死透了。贝拉妮斯替自己挑的"验死"大菜是酥炸淡水鳟鱼，约翰·亨利挑的是奶油蛋白软糖。尽管最喜欢"约翰跳墙"的是弗·简茉莉，这道菜另两人也相当爱吃，这天他们仨正餐都吃得很满意：熏猪脚、"约翰跳墙"、玉米饼、烤甜薯，还有白脱牛奶。他们吃着，继续着他们的话题。

"对，就像我刚才说的，"贝拉妮斯说，"我这辈子见识过许多怪事儿。只有一件事从没见识过，从没听说过。您哪。没有。"

---

① 原文为 I ain't arguing with you，这是贝拉妮斯的语言习惯。

贝拉妮斯闭口不说了，坐在那里光摇头，等着他们发问。不过弗·简茉莉是不会问的。是埋头吃菜的约翰·亨利抬起一张好奇的脸，开口问道："什么事，贝拉妮斯？"

　　"没有，"贝拉妮斯说，"我这辈子还从没见识过会有人爱上一场婚礼。我知道的怪事多了去了，只有这一件我还从未听说过哩。"

　　弗·简茉莉哼了句什么。

　　"所以我仔细一想，得出一个结论。"

　　"怎么——"约翰·亨利唐突地问道，"那男孩怎么变女孩的呢？"

　　贝拉妮斯朝他翻了个白眼，替他扯平系在他脖子上的餐巾。"这一件事，乖团，我倒是不知道哩。"

　　"别听她的。"弗·简茉莉说。

　　"所以我在脑子里仔仔细细想了一想，得出这个结论。你该开始考虑找个情郎了。"

　　"什么？"简茉莉问。

　　"你听到了，"贝拉妮斯说，"情郎。一位可爱的白人小情郎呀。"

　　弗·简茉莉搁下叉子，脑袋一歪。"我不需要什么情郎。我要来做什么？"

　　"做什么，傻丫头？"贝拉妮斯问，"哎呀，比方说让他请你去看电影啊。"

弗·简茉莉从额前捋下刘海来，两只脚在椅子横档上滑来滑去。

"现在你是得变一变了，不能再那么野，那么馋，那么壮，"贝拉妮斯说，"你得穿上裙子，好好打扮打扮自己。说话要甜，做事要识山水。"

弗·简茉莉压低声音说："我不再野不再馋了。我已经改了嘛。"

"喔，太好了，"贝拉妮斯说，"去逮个情郎来吧。"

弗·简茉莉想跟贝拉妮斯讲有关大兵、旅馆、夜晚约会的事。可有什么东西制止了她，她旁敲侧击地探问："什么样的情郎呢？你意思是说比如——"弗·简茉莉没往下说，因为在家中厨房里，在这最后一个下午，大兵显得不真实。

"这我就没法指点你了，"贝拉妮斯说，"主意你得自己拿。"

"比如一位也许会带我上'闲暇时光'跳跳舞的士兵？"她的眼睛没看贝拉妮斯。

"谁在说大兵和跳舞？我说的是一位与你年纪相仿的可爱白人小情郎。那个巴尼小家伙怎样？"

"巴尼·麦基恩？"

"哎呀，真的哩。从他入手挺不错。你先跟他勾搭勾搭，直到有别的什么人顶上来。他可以。"

"坏种恶鬼巴尼·麦基恩！"车库很黑，有几缕阳光从紧闭着的门的裂缝里渗进来，有一股尘土气味。可她不要让自己回想起他展示给她看的、那未知的邪孽；之后就是那邪孽让她只想冲他双眼当中飞进一刀。不过她使劲摇晃着自己，开始在餐盘里将米饭和豆子搅在一起碾烂。"你是全镇第一号疯子。"

"疯子管正常人叫疯子。"

于是他们又开始继续只顾吃，除了约翰·亨利。弗·简茉莉忙着剖开玉米饼，抹上黄油，碾烂"约翰跳墙"，咕咚咕咚喝牛奶。相比之下，贝拉妮斯则吃得慢条斯理，她很讲究地一小片一小片撕着猪脚。约翰·亨利望望这个，又望望那个，听完她们的对话，他干脆停下不吃，转起小脑筋来。过了一分钟，他问道：

"你都逮了几只啊？那些情郎。"

"几只？"贝拉妮斯说，"乖团，这几根辫子里有多少毛啊？你这可是在跟贝拉妮斯·萨迪·布朗说话哪。"

这下贝拉妮斯给激起来了，她说啊说，声音响个没完。碰到她这样开始，开始一个严肃的长话题，她口中的词语一个连一个汩汩流出，说话成了唱歌。在炎夏下午厨房的一片暗灰里，她的音色是金灿灿的，沉稳的，你可以只听她声音里的颜色和调子而不用去理会其中的字句。弗·简茉莉任由这慢悠悠的音调在她耳中萦绕回荡，而那声音所拥有的意思或语句却没在她脑子里留下印迹。她坐在桌边，听着，不时会想一件事，她觉得这事倒是她这辈子见识过的最最怪的怪事呢：贝拉妮斯一说到自己就总把自己看作天仙美人。碰上这话题，贝拉妮斯的脑筋真的是有病。弗·简茉莉听着那声音，目光越过餐桌瞪着贝拉妮斯：黑脸上一只荒唐透顶的蓝眼，十一根抹了油膏的辫子像瓜皮帽似的贴着头皮，宽扁的狮子鼻随着她说话会翕动。不管贝拉妮斯再怎么样，反正算不得天仙美人。她觉得应该劝劝贝拉妮斯。所以她凑准下一个说话空档，插嘴道：

"我觉得你应该别再去倒腾情郎的事，有提·提就该知足才是。我打赌你有四十岁。是时候该安定下来了。"

贝拉妮斯鼓起嘴，朝弗·简茉莉瞪起一只乌黑的好眼。"算你会说话，"她说，"你怎么懂这么多啊？我和别人一样有权利享乐，只要我能够，我就要继续享乐下去。再说了，我也没某些人乱琢磨的那么老。我还能例事。我前面还有长长一段日子，歇搁还早呢。"

"我的意思也不是说歇搁去呀。"弗·简茉莉说。

"你的意思我听出来了。"贝拉妮斯说。

约翰·亨利一直在旁观，在听，他嘴边结了一圈干掉了的炖骨高汤。一只绿头大苍蝇绕着他懒洋洋地转，想在他黏搭搭的脸上落个脚，所以他时不时挥手赶走苍蝇。

"他们都请你看电影了吗？"他问，"所有那些情郎。"

"请看电影，或请别的什么。"她回答。

"你意思是说你从来不用替自己掏钱吗？"约翰·亨利问。

"这就是我要说的，"贝拉妮斯道，"和情郎出去不掏钱。和一帮女人家出去，我就得替自己掏钱喽。不过我可不是和女人家结帮外出的那种人。"

"你们一起去费尔维尤镇的时候——"弗·简茉莉说——去年春上一个礼拜天，一位有色人种飞行员带一群有色种族的人搭乘他的飞机，"谁掏的钱？"

"让我想想，"贝拉妮斯说，"哈尼和柯罗玲娜自己付的，不过我借给哈尼一块四毛。开普·克莱德付了自己的。提·提掏钱付了他自己的和我的那份。"

"这样说来是提·提请你坐了趟飞机？"

"这就是我要说的。他掏钱买了往返费尔维尤镇的汽车票、飞机票还有零食小吃。整趟旅行全包了。哎呀，自然是他掏钱喽。要不然你以为我怎么坐得起飞机到处兜风？我一礼拜才挣六块钱呀。"

"这我倒没意识到，"末了，弗·简茉莉承认道，"我纳闷提·提这些钱是打哪里来的。"

"挣来的呗，"贝拉妮斯说，"约翰·亨利擦干净你的嘴。"

于是他们坐在桌边歇一会儿，这个夏季他们吃饭就是这样的，一轮一轮地吃，他们吃一会儿，让食物有机会在胃里消停消停，歇一会儿再开吃。弗·简茉莉将刀叉在吃空的盘子上交叉摆了个十字①，开始拿一个叫她伤脑筋的事问贝拉妮斯。

"告诉我。'约翰跳墙'这道菜，只有我们这么叫呢，还是全国人民都这么叫？这名字似乎有点儿奇怪。"

"喔，我听见过好几种不同的叫法。"

"怎么叫？"

"喔，我听见有人叫豆子米饭。或米饭豆子高汤炖饭。或'约翰跳墙'。由你随便挑啦。"

"可我不是指小镇。我指的是外地。我指的是全世界。我想知道法国人怎么叫它。"

"哦，"贝拉妮斯说，"喔，你问了一个我回答不了的问题。"

"多谢回答。"弗·简茉莉用法语说。

他们在桌边坐着，彼此无话。弗·简茉莉往后仰靠椅背，扭头看窗外，看阳光斜穿的空院落。小镇是静寂的，厨房是静寂的，除了钟声嘀嗒嘀嗒。弗·简茉莉感觉不到世界的转动，一切都不在动。

"嗨，我碰上一件有趣的事情，"弗·简茉莉开口了，"我简直不知道该怎么把我的意思说出来。就是那种你解释

—————————————
① 西餐中刀叉摆十字表示坐等第二轮。

不清楚的怪事。"

"什么呀，弗兰琪？"约翰·亨利问。

弗·简茉莉从窗外收回目光，但不及她再开口，有一个声音响起来。在静寂的厨房里，他们听见那声音一闪，悄悄穿过屋子，接着听见同样的音符重复了一次。一串钢琴音阶斜斜地走过八月的下午。一个和弦敲响了。接着一串和弦梦幻般慢慢往上攀升，如城堡的一段阶梯；不过到了最后，应该奏响第八个和弦，完成一组音阶时，琴声却戛然停止。最后之前的那个和弦又被重复了一次。那第七个和弦，像是所有未完成音阶的回声，执着地，一遍遍地，敲响。最终归于一片沉寂。弗·简茉莉、约翰·亨利和贝拉妮斯面面相觑。附近哪个邻家正在调一架八月钢琴的音。

"耶稣啊，"贝拉妮斯说，"我觉得这叫人再也忍受不下去啦。"

约翰·亨利一哆嗦。"我也觉得。"他说。

弗·简茉莉一动不动端坐在一桌杯盘和菜肴跟前。厨房的灰是一种旧灰，屋子显得过于单调，过于古板。一段沉寂之后，响起另一音符，接着同样的音符高了八度又重复了几次。音符每每往高处爬一格，弗·简茉莉的目光就往更上方抬一寸，好像她盯住那音符，看它从厨房一处移动到另一处；在琴音最高处，她的目光触及屋顶；之后当长长的音阶往下滑时，她的头慢慢转动，从屋顶的这一角转向对面地板的那一角。最低音重复敲了六次，弗·简茉莉的目光便定在那屋角里的一双卧室旧拖鞋和一只空啤酒瓶上了。最后她闭上眼睛，晃了晃自己的头，从桌边站了起来。

"这叫我难受，"弗·简茉莉说，"而且叫我紧张。"她开始在厨房里绕着走。"他们告诉我说在米利奇维尔疯人院，他们想惩罚他们，他们就把他们捆起来，逼他们听钢琴调音。"她绕着餐桌走了三圈。"有个事情我想问你。比方说你碰上个人，你觉得他非常稀奇古怪，但你却不知道为什么。"

"怎么个稀奇古怪法？"

弗·简茉莉把大兵揣摩了一下，可她没法继续解释下去。"这么说吧，你也许会碰上个人，你觉得他几乎就是个醉鬼，可你什么也吃不准。而他想要你和他一起去个热闹派对或跳跳舞。你怎么办？"

"喔，光这么看，我不知道。要看我什么感觉了。我也许会跟他一起去热闹派对，在那里撞上更合我胃口的人。"贝拉妮斯的好眼睛突然眯缝起来，她盯住弗·简茉莉一个劲儿瞅，"你干吗那样问？"

屋里的静扩张着，直到弗·简茉莉听见水池龙头滴水的滴答滴答。她正努力寻找一种方式把大兵的事告诉贝拉妮斯。就在这当口，电话铃声突然大作。弗·简茉莉一跃而起，打翻了她的空牛奶杯，向过道跑去——不过约翰·亨利离得更近，他先抓住电话。他跪在电话椅上，先是朝听筒报以一个微笑，才说"哈啰"。接着便一个劲儿地"哈啰"，直到弗·简茉莉从他手里抢过听筒，还继续重复了不下二十四遍"哈啰"之后，才终于挂上电话。

"诸如此类的事都叫我难受，"他们回到厨房时，她说，"或者捷运卡车在家门口停下来，开车的朝我们家门牌号瞅，结果却把箱子送到别家去了。我把这些事情都看成是一种兆头。"她叉开手指顺过剪短的金发。"你瞧，明早离家前，我真要去算算命才是。这事我早就想做了。"

贝拉妮斯说："说点别的，你几时能让我瞧瞧你的新连衣裙啊？我正巴巴地等着瞧你挑中的衣裳呢。"

弗·简茉莉便上楼去取连衣裙。她的屋子众所周知是只热轴箱，整栋住宅的热气腾腾上升，都聚拢在那屋。到了下午连空气也好像会嗞嗞发响，所以让小马达转着是个好主意。弗·简茉莉启动小马达，打开壁橱门。直到婚礼之前的今天，她一直将自己的六套戏装在衣架上挂成一排，平时穿的衣裳则往搁板上一扔，或干脆往壁橱角落一踢了事。可今天下午回到家，她一改往日的做法：戏装被扔上搁板，婚礼裙上了衣架，独独一件挂在衣架上。银色浅口皮鞋被细心地摆在礼裙下方的地板上，鞋尖瞄准北方，直指冬岭。出于某种原因，当弗·简茉莉开始换礼裙，她在屋里走，脚尖就踮起来了。

"闭上眼睛，"她喊道，"我下楼时不许看。我叫睁眼才许睁眼。"

就好像厨房四壁都在看她，墙上挂的平底煎锅是一只盯着她看的滴溜滚圆的黑眼。钢琴调音一时静了下来。贝拉妮斯低头坐着，像在教堂里。约翰·亨利也同样低着头，不过在偷瞥。弗·简茉莉站在楼梯脚，左手款款地搁在后腰上。

"噢，好漂亮！"约翰·亨利说。

贝拉妮斯抬起头，当她看见弗·简茉莉，脸上的表情怪得真够可以的。黑眼睛从银色丝缎发带看到银色浅口皮鞋鞋底。她没说一句话。

"告诉我真心话，你觉得怎么样？"弗·简茉莉问道。

贝拉妮斯望着橙色缎子晚礼裙，摇着头，没发表议论。一开始她头摇的幅度很小，可她越看下去，幅度越大，直到最后那一摇，弗·简茉莉听到她脖子骨咔嚓一响。

"怎么啦？"弗·简茉莉问。

"我还以为你要买一件粉红色礼裙的呢。"

"到铺子里我就改主意了。这件礼裙有什么不对头吗？你不喜欢吗，贝拉妮斯？"

"不，"贝拉妮斯说，"甭合适①。"

"你什么意思，甭合适？"

_____

① 原文 it don't do 是语法错误的句子。

"就那意思。就是甭合适。"

弗·简茉莉转身去照镜子，她依旧认为礼裙很漂亮。可贝拉妮斯硬是偏着一张不高兴的脸，表情就跟一头长耳老骡似的，弗·简茉莉想不通。

"你说的意思我怎么看不出来呢，"弗·简茉莉不满了，"怎么不合适了？"

贝拉妮斯抱起双臂，说："哈，要是你看不出来，那我就没法跟你解释了。瞧你这脑袋瓜，先说这个吧。"

弗·简茉莉便将脑袋瓜凑到镜子跟前照了照。

"你把自己的头发剃得精光，像囚犯，现在你又弄个缎子银发带箍在这只没毛的脑袋上。看上去实在滑稽。"

"喔，可我今晚要洗头，会把头发卷起来的。"弗·简茉莉说。

"瞧瞧那两只胳膊肘子，"贝拉妮斯继续着，"你穿上成年女人的晚礼裙。橙色缎子的。瞧胳膊肘上的乌褐糙皮儿。这两件东西就是不配。"

弗·简茉莉耸起双肩，两手捂住了乌褐的胳膊肘。

贝拉妮斯再一次将自己的头大幅度地一摇，拿定主意地嘟起嘴唇。"拿去店铺退了。"

"可我不能，"弗·简茉莉说，"是特价柜里买的。不能退。"

贝拉妮斯向来遵从两条座右铭。一是众所周知的谚语，曰：朽木不可雕，猪耳做不了丝荷包。另一是格言，曰：量布裁衣，物尽其用，做出最好衣裳。弗·简茉莉吃不准是不是这最后一句座右铭让贝拉妮斯改了主意，还是她对礼裙的看法真的有了好转。反正，贝拉妮斯歪着头朝裙子瞪了几秒钟，末了说：

"过来。我们把腰身改服帖些，看看有什么办法。"

"我想你只不过不习惯见到别人体体面面穿上盛装罢了。"弗·简茉莉说。

"我只不过不习惯在八月里见到长两条腿儿的人形圣诞树罢了。"

于是贝拉妮斯解下腰带，在礼裙上这儿拍拍那儿扯扯。弗·简茉莉像一只帽架一动不动立在那里，听凭她摆弄礼裙。约翰·亨利已经从椅子上站起来，正看着她们，餐巾还兜在脖子上。

"弗兰琪的连衣裙看上去像一棵圣诞树。"他说。

"两面派犹大！"弗·简茉莉说，"你刚才还说漂亮。好一个两面派犹大！"

钢琴调音又响起。弗·简茉莉不知道是哪家的钢琴，可调音的声响在厨房里听来显得那么严厉，执着；它离开这里不远。调音师时不时会挥洒出一小段轻快活泼的旋律，接着又会回到某个音。不停重复。不停敲击，严厉而狂热地敲击那个音。不停重复。不停敲击。镇上调音师名叫锡瓦尔铖锛姆先生。这声音足够震坏乐师的五内，搞晕听众的脑瓜。

"简直叫我怀疑他这么干就是要折磨我们。"弗·简茉莉说。

贝拉妮斯却说不："他们在辛辛那提，在全世界都是这么调音的。他们调音就是这样子。咱来打开餐厅里的收音机，压他下去。"

弗·简茉莉摇摇头。"别，"她说，"我解释不清为什么。可我不想再听见收音机响起来。太多这个夏天的联想。"

"往后退一退。"贝拉妮斯说。

她将腰身别高了些，在礼裙上改改这里，动动那里。弗·简茉莉往水池上的镜子照着。她从镜中只能照见自己胸口以上部分，因此欣赏了自己上半部分之后，她站到一把椅子上，照中间部分。接着她又开始动手撤清餐桌一角，她就可以爬上桌去从镜中照银鞋，可贝拉妮斯制止了她。

"你真心不觉得漂亮吗？"弗·简茉莉说，"我这么觉得的。不开玩笑。贝拉妮斯。请告诉我你的糖心话①。"

贝拉妮斯被惹毛了，责怪地说："我这辈子从来没碰上过这么不懂道理的人！你问我要糖心话，我就给你。你接着又问，我就又给你。可你要的不是我的真心话，只是要我明

---

① 此处是对贝拉妮斯语言的无恶意的戏谑。

116

知不对头说句好心话。这么干算什么意思？"

"好吧好吧，"弗·简茉莉说，"我只不过想好看些嘛。"

"嗯，你相当好看，"贝拉妮斯说，"美在外，更在内。你这样参加任何人的婚礼都够好看的。除了你自个儿的。到那时啊，耶稣保佑，到了那个份上我们得干得更漂亮才对。现在我得替约翰·亨利弄一套新衣，还得动脑筋替自己想想出客该穿戴什么。"

"查尔斯大叔死了，"约翰·亨利说，"我们要去参加婚礼啦。"

"不错，乖囝。"贝拉妮斯说。从她蓦然间那一阵惝恍迷离的沉默里，弗·简茉莉感觉到贝拉妮斯又在回想她认识的那些死去的人了。死去的人在她心田里走动，她想念着鲁迪·伏里曼以及久远之前在辛辛那提的时光，还有雪。

弗·简茉莉回想起自己认识的七个死去的人。她母亲在她出生的当天就死了，所以不能把她算在内。她父亲的五斗柜右边抽屉里躺着她母亲的一帧相片：脸上表情又腼腆又可怜，相片和一叠不带体温的、折好的手帕一起被关在抽屉里。之后是她的祖母，在弗兰琪九岁时死了，弗·简茉莉倒是很记得她——只是连同那些歪歪斜斜的小照片一起沉入了她的记忆深处。镇上一个叫做威廉·博伊德的士兵那年在意大利被杀死，她以前见过他，也知道他名字。住在两条街以

117

外的塞尔韦太太死掉了；弗·简茉莉没被邀请参加葬礼，只好在人行道上观看。一群肃穆的成年男子围成圈站在住宅前廊上，下着雨，门上系了灰丝带。她认识隆·贝克，他也死了。隆·贝克是个有色人种男孩子，是被人谋杀的，就在她父亲店铺背后的小巷子里。四月的一个下午，他喉咙被一把剃须刀片戳开，巷子里所有的人全都消失在后门洞里，后来听说他被割裂的喉咙张着大口，如疯狂颤抖着的嘴，朝四月的太阳叙说鬼魂的语言。隆·贝克死了，弗兰琪是认识他的。她还认识——不过只是碰巧认识罢了——布洛尔鞋铺的皮特金先生，博蒂·格兰姆斯小姐，还有一个在电话公司爬电线杆的男人，全都死了。

"你是不是常常会想鲁迪？"弗·简茉莉问。

"是啊，你是知道的，"贝拉妮斯说，"我想着我和鲁迪在一起的那些年头，还有打那以后所有的苦日子。鲁迪是绝对不舍得让我孤单单的，所以我才和那几个孬种男人交往。我和鲁迪。"她说，"鲁迪和我。"

弗·简茉莉坐在那里抖着腿儿，想着鲁迪和辛辛那提。这世上所有死去的人里，鲁迪要算是弗·简茉莉最熟悉的人了，虽说她连一眼都没见过他，而且他死时，她还没生出来。但她认识鲁迪，她知道辛辛那提市，还知道贝拉妮斯和鲁迪一起去北方、看白雪的那个冬天。所有这些事情她们聊过千遍万遍，每每聊到这话题，贝拉妮斯讲话速度会慢下来，把每句话都唱成一支歌。老弗兰琪总会对辛辛那提问这问那。在辛辛那提，他们吃的是什么？辛辛那提的街有多宽呢？她们就像念经似的，讲辛辛那提的鱼，辛辛那提桃金娘街上那栋宅子的客堂，辛辛那提的电影。鲁迪·伏里曼是个泥水匠，挣大钱，进账固定，而且是贝拉妮斯所有丈夫里她爱的那个。

"有时候我真愿自己从来不曾认识鲁迪，"贝拉妮斯说，"把你宠得太厉害。过后扔下你一人太孤单。到了傍晚你干完活一路往家走，孤单叫你心里头轻轻一阵轧痛①。你和太多孬种男人凑合在一起，为的就是想忘掉那感觉。"

"我懂，"弗·简茉莉说，"可提·提·威廉斯不是孬种呀。"

"我不是指提·提。他和我只不过是好朋友。"

"你不觉得会嫁给他吗？"弗·简茉莉问。

"喔，提·提是位堂堂正正的有色人种绅士，"贝拉妮斯说，"你是从来不会听人说提·提有什么拈花惹草的事，像许多别的男人家那样。要是我嫁给提·提，我就会离开这厨房，在饭馆里往收银台后边一站，用脚打打拍子就行啦。还有，我真心敬重提·提。他一辈子都周正有风度。"

"那，什么时候你跟他结婚？"她问，"他痴迷着

_____

① 原文为 quinch，本意 pinch，贝拉妮斯的语言习惯。

你呢。"

贝拉妮斯说:"我不会嫁给他。"

"可你刚才还那么说——"弗·简茉莉道。

"我是说我何等真心敬重提·提,钦佩他。"

"那,这不就——"弗·简茉莉道。

"我相当敬重他,钦佩他。"贝拉妮斯说。她的黑眼睛里是冷静和清醒,她说话时狮子鼻鼻翼张开。"可他不叫我的心发抖,一点不抖。"

过了片刻,弗·简茉莉说:"一想到婚礼就叫我的心发抖。"

"唉,真叫可怜。"贝拉妮斯说。

"一想到我认识的人里有多少已经死去,也叫我的心发抖。统共七个,"她说,"现在又来了查尔斯大叔。"

弗·简茉莉用手指塞住耳朵,闭上眼睛,然而那不是死。她能够感觉灶头上熏过来的热气,闻到桌上饭菜。她能够感觉胃咕咕响,心别别跳。而死人什么都感觉不到,什么都听不到,什么都看不见,唯有黑。

"死一定很怕人。"她说着,又开始绕厨房走起来,礼裙还穿在身上。

架上有只橡皮球,她对准过道的门掷去,那球弹回来时又被她一把接住。

"放下那玩意儿,"贝拉妮斯说,"趁还没弄脏,快先脱下裙子。找点别的事做去。打开收音机去。”

“我跟你说过了，我不想再听见收音机响起来。”

她仍然绕着屋子走，贝拉妮斯叫她找些别的事做去，可她不知道找什么事去做。她穿着礼裙走着，一只手撑在后屁股上。银皮鞋硌脚，脚趾感觉又肿又挤，像十朵酸烂菜花头。

“不过我建议等你回来之后，让收音机一直开着别关，”弗·简茉莉突兀地说，“某一天，你很可能会从收音机里听见我们讲话的。”

“怎么回事？”

“我是说很可能我们或许会被邀请上电台讲话。”

“讲什么话，请告诉我。”贝拉妮斯说。

“我不知道确切讲什么，”弗·简茉莉说，“不过大概是目击者报告某些事件之类。我们会被请去讲话的。”

“我听不懂你，”贝拉妮斯说，“我们要目击什么？谁要我们讲话？”

弗·简茉莉猛一转身，两手握拳捶在屁股蛋上，摆出一副吹胡子瞪眼的模样。“你认为我指的是你、约翰·亨利和我吗？哎哟，我这辈子没听说过这么滑稽的事。”

约翰·亨利的嗓音高尖、兴奋。“什么，弗兰琪？谁要在收音机里讲话？”

“我说‘我们’时，你以为我是指你、我和约翰·亨利·韦斯特。在收音机里对全世界讲话。我出娘胎以来都没听说过这么滑稽的事。"

约翰·亨利跪爬在椅座上，额头青筋可见，脖子上喉管绷紧。"谁呀？"他嚷嚷，"什么呀？"

"哈，哈，哈！"她说，接着爆出一阵大笑；她在厨房里兜圈儿转，抡着拳头东捶捶西打打，"嗬，嗬，嗬！"

约翰·亨利大声嚷嚷，弗·简茉莉穿着礼裙在厨房里乒乒乓乓胡闹，贝拉妮斯从桌边站起，举起右手要求他们肃静。突然一下子他们全都静下来。弗·简茉莉一动不动站在窗前，约翰·亨利也跑到窗前，双手扒窗台、踮着脚尖往外看。贝拉妮斯扭头去看出了什么事。这时，钢琴也断了声音。

"喔！"弗·简茉莉唏嘘一声。

四个女孩正经过后院。她们是十四五岁的女孩，都是俱乐部成员。最前面的是海伦·弗莱彻，其他三个跟着，排成一溜，慢慢往前走。她们穿过奥尼尔家的后院，正悠悠然走在葡萄棚跟前。夕光金灿灿，斜沐着她们，把她们的皮肤也洗得金灿灿的，她们都穿着素洁的连衫裙。经过葡萄棚时，她们的影子一条条都曳曳然拖得那么细长细长，斜过院子。她们很快就会走出视线。弗·简茉莉一动不动站着。在这年夏季的早些日子里，她会充满期盼地等，她们兴许会喊她，告诉她她被选入俱乐部——一直等到最后，看出她们分明只是路过时，她便会愤怒地大喊，不许她们横穿她的院子。然而眼下她默默地看她们走过，并不嫉羡。临末了，竟冒出一股冲动要把婚礼的事喊给她们听，但还来不及遣词造句大喊出去时，俱乐部的女孩子们已走出视线。空留一座葡萄棚和旋转的夕阳。

"我正在想——"弗·简茉莉终于说。不过贝拉妮斯打断了她：

"没什么。好奇而已，"她说，"好奇而已。没什么。"

当他们开始吃最后这顿正餐的第二轮时，已过五点，几近黄昏。往日到下午这时辰，他们坐在桌边，手里拿着红色扑克牌，有时会开始评判造物主。他们会对上帝的创造品头论足，说说他们自己会怎样改善世界。约翰·亨利·韦斯特圣主上帝的声音会异常快活而高扬，他的世界是好吃的和古怪的混合体，他脑子里没全球大局观念：霍地一条横空长臂从此地伸向加利福尼亚；巧克力的土和柠檬露的雨；可遥望千里的第三只眼；当你想歇一歇时，一条可放下并撑开、安坐其上的折叠式尾巴；糖果花朵。

但贝拉妮斯·萨迪·布朗圣主上帝的世界却是一个不同的世界，它是圆满初纯的、公平合理的。首先世界上没有隔离开来的一族有色人种，所有人类都是蓝目黑发、浅棕皮肤。不存在有色人，不存在叫有色人从生到死一辈子自惭形秽、自觉卑贱的白种人。没有有色人，只有人类，男人、女人、孩子，一个亲亲热热的全球大家庭。当贝拉妮斯说出这第一条造物之道，她的声音像在唱一支深沉有力的歌，浑厚而美丽的调子，渐高渐扬，回肠荡气，其声撞击屋角，余音经久不息，直到归于一片静。

没有战争，贝拉妮斯说。没有僵硬的尸体悬吊在欧陆的树上，没有犹太人在任何地方遭杀戮。没有战争，没有年轻男孩子穿上戎装背井离乡，没有残忍无道的德国佬和日本倭寇。整个世界都没有战争，所有国家都和平。并且没有饥饿。首先，真正的上帝为降福万灵，已经造出无偿的空气，无偿的土壤，无偿的雨水。还当有无偿的食物以饷人类每一张嘴，免费的饭菜，一礼拜两磅里脊肉，除此之外，每个身强力壮的汉子可用劳动换取他额外想吃想要的东西。不杀犹太人，不伤有色人。世上无战争，无饥饿。还有，最后一点，鲁迪·伏里曼仍在人间。

贝拉妮斯的世界是个圆满初纯的世界，老弗兰琪倾听着那深沉有力、唱歌似的声音，她是赞成贝拉妮斯的。不过三个世界中，老弗兰琪的最棒。她赞成贝拉妮斯那几条主要的造物之道，不过她添加了许多东西：每人一架飞机、一辆摩托，一个证书、徽章一应俱全的全球俱乐部，以及更棒的万有引力定律。在战争这一点上，她并不完全同意贝拉妮斯；她有时说她会在世界上设立一座战争岛，想打仗的人可以去那里开打，去那里献血，她兴许会作为一名空中娘子军去那里待一阵。她还改动四季，整个删去了夏天，加进许多白雪。她还计划人可以在男孩和女孩之间随时换来换去，想换就换，爱换就换。但这一点，贝拉妮斯会同她争执，坚持说人类的男女性别之道就该这样，不再可能有任何改善的余地。碰上这时约翰·亨利·韦斯特很可能又会提出些鸡零狗碎的小见解来，他认为人应该一半男孩一半女孩才对，老弗兰琪于是就恐吓说要带他去庙会，把他卖给怪胎馆，他就只顾闭上眼睛嘻嘻笑。

他们三个会这样坐在餐桌边，评判造物主和主的造物。有时候他们的声音串在一起，他们的三个世界便彼此绞起来。约翰·亨利·韦斯特圣主上帝。贝拉妮斯·萨迪·布朗圣主上帝。弗兰琪·亚当斯圣主上帝。在冗长、沉闷的下午即将走到尽头时的几个世界。

今天却是迥然不同的一天。他们既没打发时间也没打扑克牌，而是继续吃。弗·简茉莉已经脱下婚礼裙，又只穿衬裙、光起脚丫，舒服自在。褐色的豆汁凝结起来，饭菜不热也不冷，黄油也已融化。他们开始吃第二轮，餐盘在他们之间传递，他们没聊平常这时常想起的老话题，却开始了一场异常的谈话，是这样开始的：

"弗兰琪，"贝拉妮斯说，"刚才你想要说个事儿。话题叫我们给岔开了。我想是关于什么不合常理的事。"

"噢，是的，"弗·简茉莉说，"我要告诉你们我今天碰上的一件怪事，怪得我简直想不出。我实在不知道该怎么说清楚我的意思。"

弗·简茉莉掰开一只甜薯，仰靠椅背。她开始试着告诉贝拉妮斯在回家路上发生的事，突然眼末梢扫见什么东西，可当她别转身，却见是两个有色人种男孩子在巷端。弗·简茉莉说着，不时打住话头扯一扯自己下嘴唇，琢磨用什么贴切的词语来叙述一种她从未听人说过的体验。她偶尔朝贝拉妮斯瞥一眼，看她是否听懂自己的话，一种特别的表情蓦地出现在贝拉妮斯脸上：玻璃眼像平常一样闪亮着、惊愕着，而她的好眼睛起初也同样惊愕着，接着一种心照不宣的神色改变了她的表情，她不时将头猛地一偏，像是换一个角度倾听，确保没听走样。

弗·简茉莉还没说完，贝拉妮斯已经推开她的餐盘，从怀里摸出香烟来了。她抽自己卷的烟，但把烟卷儿收在一只切斯特菲尔德牌的烟盒里，所以乍一看像是在抽买来的切斯特菲尔德香烟。她拧掉一端戳在外面的散烟丝，划火柴点烟时她仰起头，免得烟呛进鼻子。一片蓝烟笼罩在桌边三人的头顶。贝拉妮斯捏烟卷儿用的是拇指和食指，她的手因为一场冬季风湿病变得僵硬，无名指和小指伸不直了。她坐着边听边吸烟，弗·简茉莉说完后，有相当长时间大家都无话，最后贝拉妮斯往前凑了凑，突然开口问道：

"听我说！你是不是能透视我这几块头盖骨？你，弗兰琪·亚当斯，是不是读透我脑筋里的东西了？"

弗·简茉莉不知该怎么回答。

"这是我听见过的最怪的怪事之一，"贝拉妮斯继续说，"叫我一直缓不过神来的事。"

"我意思是——"弗·简茉莉又这么说。

"我懂你意思，"贝拉妮斯说，"就在这只眼睛的这只眼角上。"她指着布了血丝的眼眶一角，"突然你从此地瞥见什么。让你冷得从头哆嗦到脚。你一个转身。你站在那里，面对的只有老天晓得是什么。但不是鲁迪，不是你想要的人。有这么一分钟，你感觉就像被扔进一口井底。"

"正是，"弗·简茉莉说，"正是那样。"

"喔，这可是非常了不得，"贝拉妮斯说，"这情形我这辈子一直碰上。可就在刚才，有生以来头一回听见给说出来。"

弗·简茉莉抬手捂住自己的鼻和嘴，那样别人就不会注意到她为自己"非常了不得"洋洋得意了，她不无谦恭地低垂眼帘。

"是的，你在爱的时候就是这样的，"贝拉妮斯说，"总是这样的。一种东西，知道，却说不出来。"

就这样，在最后一个下午六点不到一刻，他们开始了一场异样的谈话。这是他们第一次谈论爱情，而这场谈话里弗·简茉莉是作为一个不但能心领神会并且卓有见地的人参与的。老弗兰琪从前嘲笑恋爱，认为是个弥天大谎，她是不相信的。她从来不把任何爱情写进自己的戏里，去皇宫戏院也从来不看爱情片。老弗兰琪总是看礼拜六早下午场电影，那时放的都是犯罪、战争或牛仔片。去年五月皇宫在礼拜六放了一部叫《茶花女》的老片子，是谁在戏院里制造混乱的？是老弗兰琪。她坐在第二排她的老座位上，跺着脚，两根手指伸进嘴打起嗯哨来。坐在前三排的其他半数观众也开始打嗯哨跺脚，爱情片越往下放，吵闹声越响。所以最后戏院经理捏着手电筒往下走到前排，把他们统统从座椅里揪起来，撵上走道，轰出门去，晾在街上：花了钱，一包气。

老弗兰琪从来不承认爱情这事。但弗·简茉莉坐在桌前，一条腿搁在另一条腿上，一只光脚板不时在地板上按老习惯拍打着，对贝拉妮斯的话点头表示赞同。更有甚者，当她朝那碟融化了的黄油悄悄伸出手，去拿边上的切斯特菲尔德烟盒，贝拉妮斯并没打掉她的手，弗·简茉莉替自己摸了一根烟。她和贝拉妮斯是大餐桌边抽闲烟的两位成年人。而约翰·亨利·韦斯特则耸起肩，伸着一颗儿童大脑袋，望着听着这一切。

"让我来告诉你们一件事，"贝拉妮斯说，"对你们是敲一下警钟。你听见我没有，约翰·亨利？你听见我没有，弗兰琪？"

"听见了，"约翰·亨利嘀咕一声。他伸出自己灰灰的小食指，一指，"弗兰琪抽烟。"

贝拉妮斯坐直了，扛起肩膀，手指变形的两只黑手彼此握住，搁在面前的桌上。她扬起下巴深深吸了一口气，就像歌手马上要放声大唱。钢琴调音又敲响了，而且敲个不停，但当贝拉妮斯开始说话，她那浑厚、金色的声音在厨房里叮当叮当地回荡着，他们就不再留意钢琴了。可这回敲警钟又是以重弹他们听过多遍的老调开场。她和鲁迪·伏里曼的故事。很久很久以前。

"现在我来告诉你们我那时很幸福。那些日子里世上再没第二个女人比我更幸福啦，"她说，"包括每个人。你听见我没有，约翰·亨利？包括所有的皇后和百万富翁和国家第一夫人。我意思是说包括所有不同肤色的人。你听见我没有，弗兰琪？世上再没第二个女人比贝拉妮斯·萨迪·布朗更幸福啦。"

她讲起鲁迪的老故事来。发生在几乎二十年前十月里的一个下午。故事开头是在那个他们初次相遇的地方，镇外坎普·坎普贝尔加油站的前面。正是一年之中木叶变色、乡野烟雾缭绕、到处一片秋之灰金的时节。故事从初次相遇讲到在甜村的耶稣升天教堂举行婚礼。再讲到他两在一起生活的那些岁月。巴罗街角上他们家铺了砖石的前台阶、镶了玻璃窗的房子。圣诞节的狐狸皮，六月里邀请二十八位亲朋好友的炸鱼聚会。那些年里贝拉妮斯煮饭烧菜，在缝纫机上替鲁迪做套装、做衬衫，他们俩总是过得那么快乐和满。还有他们在北边，在下雪的辛辛那提市，一起生活的那九个月。之后又回到甜村，他们在一起的日子就这样一天又一天，一礼拜又一礼拜，一月又一月，一年又一年。他们这一对儿总是过得那么快乐和满，然而，让弗·简茉莉领会的倒不全然是她说的那些事情，而更多的是她说那些事情时的腔调。

贝拉妮斯的声音是平缓而舒展的，她说她比皇后还快乐呢。她这么讲着这段故事时，弗·简茉莉觉得贝拉妮斯真的就像一位异类皇后了，倘若皇后可以是有色人种，并且还会坐在餐桌边。她展开着她和鲁迪的故事，就如一位有色人种皇后展开一卷黄金的织锦——末了，故事结束时，她脸上总是同样的表情：黑眼睛凝视前方，狮子鼻张开，鼻翼颤抖，而她的嘴绝望、悲伤、无言。往常当故事结束时，他们会静坐片刻，接着突然一阵手忙脚乱开始干起什么来：或打扑克牌，或做奶昔，或干脆在厨房里毫无目的地翻弄倒腾。不过这个下午贝拉妮斯说完后，有相当长一段时间，他们没动也没说话，直到最后，弗·简茉莉方问：

"鲁迪到底为什么死的？"

"和肺炎差不多的病，"贝拉妮斯说，"是十一月，一九三一年。"

"就是那一年，那个月，我出生了。"弗·简茉莉说。

"我见过的最寒冷的十一月。每天早晨下霜，水洼结薄冰。太阳光黄惨惨，就像大冬天。声音传得很远很远，我记得有条猎狗，一到日落就哀嚎。不管白天黑夜，我一直在壁炉里生着火，傍晚我在屋里走动，墙上有条颤动的影子到处跟着我。我看见的所有东西对我都是一种兆头。"

"我想我在他死去的同年同月生出来，是一种兆头，"弗·简茉莉说，"只是不同日而已。"

"之后一个礼拜四下午靠近六点。差不多就是眼下这时辰。只不过那是十一月。我记得自己走上过道，去打开前门。那年我们住在王子街233号。天正黑下来，老猎狗在远处什么地方嚎叫。我回到屋里，在鲁迪的床上躺下。我伏在鲁迪身上，张开双臂，脸贴着他的脸。我求上帝把我的气力传给他。我求上帝任何人都行，就不要是鲁迪。我伏在那里祈求了很久。直到夜里。"

"怎么样呢？"约翰·亨利问。这是个没有任何意义的问题，不过他提高了嗓门，带着哭腔又问了一遍："怎么样呢，贝拉妮斯？"

"那个夜里他死了，"她说，她的声音是尖利的，好像在和他们争辩，"我告诉你们他死了。鲁迪！鲁迪·伏里曼！鲁迪·麦克斯维尔·伏里曼死了！"

她完了，他们坐着。谁都没动。约翰·亨利盯着贝拉妮斯看，那只绕着他头上转的苍蝇轻轻落在他左边的眼镜框上；苍蝇慢吞吞爬过左镜片，翻过鼻梁架，爬过右镜片。一直等到苍蝇飞离，约翰·亨利才眨眨眼，挥了一下手。

"有件事，"末了，弗·简茉莉开口说，"查尔斯大叔死了，这会儿正挺在那里。可不知为什么，我哭不出来。我知道我应该感到难过。可比起查尔斯大叔，我更为鲁迪感到难过。虽说我从来不曾见过鲁迪，而我从小就认识查尔斯大叔。他是我近亲的近亲。也许是因为鲁迪一死我就生出来的缘故。"

"也许吧。"贝拉妮斯说。

弗·简茉莉觉得他们大概就会这么坐过整个下午去了，也不动，也不说话，就在这时，她突然想起了什么事。

"你开始要讲的是一件别的事，"她说，"是敲警钟的事。"

贝拉妮斯的表情一时困惑，接着忽地仰起头，说："哦，是的！我要告诉你们的是我们刚才讲的那件事是怎么在我身上起作用的。其他那些个丈夫又是怎么回事。现在把你们耳朵竖起来。"

当然另外三名丈夫的故事仍是旧话重提。趁贝拉妮斯开口的时候，弗·简茉莉便去冰箱取了甜炼乳摆上餐桌，浇在饼干上当甜点。一开始她并没怎么太上心去听。

"那是第二年四月份，一个礼拜天我上叉瀑教堂。你问我上那里干啥，让我来告诉你。我去探望我义表兄弟中姓杰克逊的那一族，他们住那里，我们去了他们的教堂。所以我就在这个教堂里做祷告，教堂会众我全都不认识。我低着头，前额抵着前排座位的椅背，我睁着眼——请注意，只是睁着，可没四处偷偷乱看啊。突然间从头到脚一阵发抖。我从一只眼角瞥见个什么东西。我慢慢朝左边看过去。猜猜我看见什么？在排椅背上，离我眼睛只六英寸，是这根拇指。"

"什么拇指？"弗·简茉莉问。

"我这就来告诉你，"贝拉妮斯说，"要明白这事，你得知道鲁迪·伏里曼身上只有小小一处不帅，其他处处都又棒又帅，要多好就多好。只有他的右拇指，叫门合页轧坏了。这根拇指看上去是压扁咬烂的样子，不帅。懂不懂？"

"你意思说你做祷告时突然瞥见了鲁迪的拇指。"

"我意思说我瞥见了这根拇指。我跪在那里，猛地一阵发抖，从头抖到脚抖遍全身。我只是跪在那儿，盯着拇指看，不等弄清楚到底是谁的拇指，就开始一心一意祷告。我大声祈祷：主啊，显灵吧！主啊，显灵吧！"

"有没有？主？"弗·简茉莉问，"显灵了吗？"

贝拉妮斯别转头去，发出个声音，像是啐一口唾沫。"显灵，显个鬼！"她说，"知道那拇指是哪个的吗？"

"哪个？"

"唉，吉米·比尔，"贝拉妮斯说，"那老混账操蛋吉米·比尔。这是我生来头一次见到他。"

"这就是你嫁他的缘故？"弗·简茉莉问，因为吉米·比尔就是那老混蛋醉鬼的名字，那第二任丈夫，"因为他长了根和鲁迪一样的烂拇指？"

"天晓得啊，"贝拉妮斯说，"可我不晓得。就为那根拇指，我被他吸引。一步接一步。等我明白过来，我已嫁了他。"

"嗯，我觉得那很傻，"弗·简茉莉说，"就因为拇指嫁了他。"

"我也这么觉得，"贝拉妮斯说，"我不想跟你争。我只是告诉你发生了什么。至于说到亨利·约翰逊，又重复了同样的事情。"

亨利·约翰逊是第三任丈夫，为贝拉妮斯发疯的那位。婚后前三个礼拜一切都还正常，接着他就疯起来了，疯劲儿发得最终让她不得不甩了他。

"你这是打算坐在那头告诉我亨利·约翰逊也有一根那种烂拇指是不是？"

"不是，"贝拉妮斯说，"那一次不是拇指。是大衣。"

弗·简茉莉与约翰·亨利面面相觑，因为她的话在他们听来简直不知所云。不过贝拉妮斯的黑眼睛却是清醒而肯定的，她朝他们点点头，不容置疑的样子。

"要明白这事，你得知道鲁迪死后发生了什么。他有一份保险，该付两百五十块钱，我不打算细说整桩事儿，不过我被那些个弄保险的人骗走五十块。两天里我得四处奔命，筹五十块钱办丧。因为我不能草草葬了鲁迪了事。我典当了一切我能找到的东西。我卖掉了自己的大衣和鲁迪的大衣。卖给前街上的旧货铺。"

　　"喔！"弗·简茉莉说，"那，你意思是说亨利·约翰逊买了鲁迪的大衣，而你就因为这个嫁了他。"

　　"并非完全如此，"贝拉妮斯说，"一天傍晚，我正沿着市政厅边上那条街走，蓦地见到前面这么个人影。我前面这小伙子的背影从肩膀到后脑勺跟鲁迪简直一模一样，我差点蹶倒路边。我就跟在他背后奔跑。他就是亨利·约翰逊，这也是我生来头一次见到他，因为他住乡下，不大进城。可他凑巧买下了鲁迪的大衣，他的体型跟鲁迪一样。从背后望过去他就像鲁迪的幽灵或他的双胞胎兄弟。可到底怎么嫁他的，我就不怎么明白了，因为一开始他明摆着就没理没智的。可你让小伙子在身边转，你对他就有了好感。反正就这样我嫁了亨利·约翰逊。"

　　"人哪真的哩会干稀奇古怪的事。"

　　"你什么都知道。"贝拉妮斯说。她朝弗·简茉莉翻了一眼，见弗·简茉莉正往苏打饼干上浇一条缎带似凝滞的炼乳，准备用一道甜夹心饼干来结束她这顿正餐。

"我敢发誓，弗兰琪！我相信你肚皮里有条逃虫①。我是完完全全认真的。你父亲查看那些个账单上的伙食费开销，他自然疑心我揩油了。"

"你是揩的，"弗·简茉莉说，"有时候。"

"他查看那些个伙食费账单，他跟我抱怨，贝拉妮斯，看在造物主份上，我们搞什么名堂，一礼拜要六罐炼乳，无数鸡蛋，八盒棉花糖。我不得不跟他摊牌：是弗兰琪吃的。我不得不跟他说：亚当斯先生，您以为您家后面厨房里养着的是个人哩。您是这么想的。我不得不跟他说：没错，您只是猜想那是个人哩。"

"今天之后，我就不再会馋嘴贪吃了，"弗·简茉莉说，"不过我弄不懂你说这些的意思。我看不出吉米·比尔和亨利·约翰逊的事怎么关联到我头上。"

"这事可关联到任何人头上，是敲一下警钟。"

"怎么敲？"

"嗨，你没看出来我都干了些什么吗？"贝拉妮斯问道，"我爱鲁迪，他是我爱上的第一个男人。所以打那以后我就得一辈子重复自己。我就不断跟鲁迪的残片结婚，只要撞上。实在是我运气不好，结果这些残片都是不对头的。我心里只念想着重复我和鲁迪。这下你还没看出来吗？"

---

① 原文为 tate worm，应为 tapeworm，意为绦虫。贝拉妮斯的语言习惯。

"我看出你想说的意思了，"弗·简茉莉道，"可我看不出为什么把这警钟往我头上敲。"

　　"要我告诉你吗？"贝拉妮斯问。

　　弗·简茉莉没吱声也没点头，因为她感觉到贝拉妮斯设了个圈套让她钻，就要开始数落那些叫她不爱听的话了。贝拉妮斯停下来，给自己又点上一根烟，两卷慢吞吞滚动的蓝雾从她鼻孔里冒出，懒洋洋弥漫在一桌残杯冷盏之上。锡瓦尔铖锵姆先生正弹着一串琶音。弗·简茉莉等着，似乎等了许久。

　　"你和那冬岭的婚礼，"贝拉妮斯终于开口了，"这就是我要敲警钟的事。我能透过你那两只灰眼睛看穿你，就像它们是玻璃的。我看见的正是一种我从没见过的最最可悲的愚蠢。"

　　"灰眼睛是玻璃的。"约翰·亨利嘀咕一声。

　　不过弗·简茉莉是不肯被看穿，也不肯被一瞪眼就招架不住的；她聚拢目光跟贝拉妮斯眼对眼狠狠瞪着，毫不躲避。

　　"我看出你心里想的事了。别以为我看不出。你想着明天在冬岭那闻所未闻的事儿，你就在正当中。你想夹在你哥和新娘当中走下教堂中央廊道。你想往婚礼中硬插进一脚，之后天晓得还有什么事。"

　　"不对，"弗·简茉莉说，"我没想自己夹在他们当中走下教堂廊道。"

"我能透过那两只眼睛看见，"贝拉妮斯说，"别跟我争辩。"

约翰·亨利又嘀咕了一句，但声音更轻："灰眼睛是玻璃的。"

"不过我敲的警钟是，"贝拉妮斯说，"倘若你以爱上这类闻所未闻的事儿开头，往后你还会闹出什么来呢？要是你疯成这副样子，那断然不会是最后一次，这个，你是能吃准的。所以结果你会怎么样呢？你是不是从今往后总想要在别人婚礼上插进一脚？这样过一辈子算什么呢？"

"听没头脑的人说话叫我想吐，"弗·简茉莉道，她伸出两根手指堵耳孔，不过堵得不紧，照样可以听见贝拉妮斯说话。

"你这是替自己设了个高档陷阱，让自己一头栽进麻烦里去，"贝拉妮斯继续往下说，"你是知道的。你已经念完七年级B班，你已经十二岁了。"

弗·简茉莉没再提婚礼，她的反驳跳过了它，她说："他们会要我的。你就等着瞧好了。"

"倘若他们不要呢？"

"我跟你说过了，"弗·简茉莉说，"我就用爸爸的手枪崩了自己。不过他们会要我的。我们再也不会回到这地方来。"

"唔，我是认真地跟你讲道理呢，"贝拉妮斯说，"不过我看是白费功夫。你一门心思要讨苦头吃。"

"谁说我会吃苦头？"弗·简茉莉道。

"我懂你，"贝拉妮斯说，"你会吃苦头的。"

"你就是嫉妒，"弗·简茉莉说，"你就是要剥夺我从小镇远走高飞的快乐，你就是想扫我兴。"

"我只是想要阻拦这件事，"贝拉妮斯说，"不过我看是白费功夫。"

约翰·亨利最终又嘀咕了一遍："灰眼睛是玻璃的。"

已经过了六点，迟慢的下午开始迟慢地走向尽头。弗·简茉莉从耳孔里松下手指，发出一声无可奈何的长叹。她叹完气，约翰·亨利紧跟着也来了一声叹，最后贝拉妮斯以一声最长的长嗟叹告终。锡瓦尔铖锛姆先生弹完一小段不顺耳的圆舞曲，可琴音还没调得叫他满意，他又开始反复敲击另一音符。他又开始弹音阶，弹到第七音又停下来，又开始咬住那个音符不放，不肯结束整段音阶。弗·简茉莉不再用眼睛去盯着音乐看了，但约翰·亨利却盯着看，当琴声滞留在最后一个音符上，弗·简茉莉见到他夹紧小屁股，笔笔直坐在椅子上，眼睛上翻，等着。

"是最后那个音，"弗·简茉莉说，"要是你从 A 开始往上弹到 G，奇怪的是似乎 A 和 G 之间就像有着天壤之别，比音阶上其他任何两个音符之间的差别要大上两倍。可键盘上它们其实是两个贴邻音符，就像其他紧挨着的音符一样。哆来咪发唆拉稀。稀。稀。稀。把你逼疯。"

约翰·亨利龇起一嘴凹凸不齐的牙齿，咯咯轻笑起来。"拉稀——稀，"他说，扯了扯贝拉妮斯的袖管，"你听见弗兰琪说的没？拉稀——稀。"

"闭上你的臭嘴，"弗·简茉莉说，"别老这么坏心眼。"她从桌边站起，却不知道要去哪里。"你压根没提威利斯·罗兹。他难道也有根烂拇指，大衣，或别的什么吗？"

"主啊，"贝拉妮斯喊道，声音之突兀之震惊，弄得弗·简茉莉一个转身返回桌边，"嘿，这件事会叫你毛发直立的。你意思说我从来不曾跟你讲过我和威利斯·罗兹的事？"

"不曾。"弗·简茉莉说。威利斯·罗兹是四名丈夫中最后也是最可怕的一个，可怕到贝拉妮斯不得不报警。"怎么了呢？"

"嗯，想想看！"贝拉妮斯说，"想想看一月里一个苦冷的黑夜。我一人独睡在起居室大床上。一人在家，因为礼拜六夜晚大家都去了叉瀑。我，告诉你，我最恨一人独睡大床，一人在家叫我提心吊胆。就在一月里这个苦冷的黑夜，时过十二点。你记得冬天吗，约翰·亨利？"

约翰·亨利点点头。

"嘿，想想看吧！"贝拉妮斯又说。她刚才已经动手收拾碗碟，所以跟前堆着三只脏盘子。她的黑眼睛沿桌瞟了一圈儿，把弗·简茉莉和约翰·亨利像听众那样拉拢过来。弗·简茉莉嘴张开，两只手扳住桌沿，往前凑了凑。约翰·亨利坐在椅子上打哆嗦，身体往下溜，他眼睛一眨不眨透过眼镜片盯住贝拉妮斯。贝拉妮斯用一种令人毛骨悚然的低音开了头，接着她突然煞住，朝他们俩看。

"怎么了呢？"弗·简茉莉急了，身体探过桌子，"出了什么事？"

可贝拉妮斯却没说话。她朝他们俩看看这个又看看那个，慢慢地摇头。她再开口时，声调完全变了，她说："喔，我希望你们往那边瞧一瞧。我希望你们也瞧一瞧。"

弗·简茉莉飞快朝她背后瞥了一眼，可那里只有炉灶，墙壁，一段空扶梯。

"怎么了呢？"她问，"出了什么事？"

"我希望你们也瞧一瞧，"贝拉妮斯重复了一遍，"两只小水罐，四只大耳朵。"她倏地从桌旁站起。"得啦，让咱把碗碟洗了。接着咱来做些纸杯蛋糕明儿带着上路。"

弗·简茉莉想朝贝拉妮斯出气，可简直没招。过了很久，等到她面前的桌子已全部收拾干净，贝拉妮斯正站在水池前洗刷碗碟，她这才说：

"要说最最叫我嗤之以鼻的，就是话讲一半，吊起人家胃口，然后撂下不说的人。"

"我承认，"贝拉妮斯说，"我很抱歉。不过我突然意识到那种事情，我不能跟你和约翰·亨利说。"

约翰·亨利正在厨房里跑来跑去，从楼梯口到后回廊门来来回回窜上窜下。"纸杯蛋糕！"他唱起来，"纸杯蛋糕！纸杯蛋糕！"

"你本可以把他请出这屋去，"弗·简茉莉说，"然后说给我听的。不过别以为我在乎。我是一丁点儿都不在乎到底出了什么事。我巴不得威利斯·罗兹就在那一刻闯进屋，割断你喉咙。"

"这么说话太难听，"贝拉妮斯说，"尤其是我还给你带来一个惊喜。去后回廊，看看柳条筐里报纸底下盖的是什么。"

弗·简茉莉站了起来，不过老大不情愿的样子，瘸子似的走着去了后回廊。接着她手里举着粉红蝉翼纱连衣裙站在门口。与贝拉妮斯嘴上的话相反，连衣裙领口上一圈细小褶裥，恢复了原本的样子。她准是趁晚饭之前，弗兰琪还在楼上那会儿烫好的。

"喔，你真是太好了，"她说，"我很感谢。"

她但愿自己能把表情一掰为二，一只眼瞪着贝拉妮斯，表示责备，另一只眼则感激地望着她，表示谢意。可是人的脸却不能这样一分为二，两种表情于是就彼此抵消了。

"高兴起来吧，"贝拉妮斯说，"谁说得出会碰上什么呢？你明天穿上鲜艳艳的粉红连衣裙，兴许会在冬岭遇见个你从没见过的、顶顶招人爱的白人小男孩。往往就是这种旅行会叫你撞上个小情郎。”

"可我要说的不是这个，"弗·简茉莉道。过了一会儿，她仍然倚在门口，又加了一句："不知怎的，我们谈话一谈上话头，就岔到歧路上去了。"

黄昏时分，天色泛白，持续了相当长一段时间。八月份的一天可分为四个时段：早晨，下午，黄昏，黑夜。到了黄昏，天呈现出一种奇异的蓝绿，但转瞬即淡成一抹苍白。空中是柔柔的灰，葡萄棚和树木正慢慢往黑里去。这时辰，麻雀聚集成群，在镇上家家户户的屋瓦上盘旋；沿街幽暗下去的榆树里响起了八月的蝉鸣。黄昏的嘈杂是一片模糊不清的声音，徘徊着不肯散去：街那头纱门砰响，孩子们的嗓音，哪家院子里割草机嗡嗡嗡。弗·简茉莉拿进了晚报，幽暗正走入厨房。先是屋角暗下去，接着墙上的图画也遁入暗中。在无言里，他们三人摸着黑走进屋。

"军队到巴黎了。"

"很好。"

他们沉默了相当长一段时间，弗·简茉莉这才说："我有好多事要干。我得开始动手了。"

她尽管已站在门口，能走却不走。在他们三人最后一次在厨房一起度过的这个傍晚，临走前，她感到还有最后该说的话、该做的事。许多个月以来她早就拿定主意要离开这间厨房，永不回头，可眼下真到了这节骨眼上，她却站在那里，头、肩倚着门框，不知怎的又拿不定主意了。正值暮色渐深渐浓，他们的话有了一种感伤而凄美的暗流，虽说那些话的意思其实并不见得感伤，也不见得凄美。

弗·简茉莉轻声说："我今晚打算连泡两回澡。先好好泡一回，用把刷子刷。我要设法尽量刷掉胳膊肘上的乌褐老糙皮。放掉脏水，再泡第二回。"

"这主意不错，"贝拉妮斯说，"看到你干干净净的，我就高兴。"

"我也要再泡一回。"约翰·亨利说。他的声音细小，愁苦；在渐黑的屋中，她看不见他，因为他站在靠近灶头的角落里。七点钟，贝拉妮斯替他洗了澡，又让他穿上了短裤头。她听见他踢踢踏踏拖着脚小心地从屋这头走到那头，洗完澡，他戴上了贝拉妮斯的帽子，正跤着贝拉妮斯的高跟鞋，试着走路。他又提了一个本身不具有任何意义的问题。"为什么？"他问。

"什么为什么，乖团？"贝拉妮斯道。

他没回答，最后还是弗·简茉莉问："为什么改名字是犯法的？"

贝拉妮斯坐在窗前椅子里，背对一窗苍灰的光亮。她展开晚报举在面前，头低着拧向一边，费劲地想看清报上印了些什么。弗·简茉莉说话时，她折拢报纸，放在桌上。

"你可以看出来的，"她说，"就因为。想想看有多混乱。"

"我看不出为什么。"弗·简茉莉说。

"你脖子上杵着的是个啥？"贝拉妮斯说，"我还以为你脖子上杵着的是只脑瓜呢。想想看。比如我忽然管自己叫埃莉诺·罗斯福夫人。你开始自称乔·路易斯。而约翰·亨利冒充自己是亨利·福特。这下你以为会招来怎样的混乱？"

"别满嘴黄口小儿的蠢话，"弗·简茉莉说，"我说的改名字不是指那个。我指的是从一个你觉得不合适的名字改成一个你喜欢的名字。就像我从弗兰琪改成弗·简茉莉。"

"可照样还是混乱，"贝拉妮斯执着己见，"比如我们大家都突然改成完全不同的名字了。没人知道谁在说谁了。整个世界会一团混乱。"

"我看不出——"

"因为事情是围绕你的名字积攒起来的，"贝拉妮斯说，"你有一个名字，你碰上一件接一件的事情，你有各种各样的言谈举止，你对付事情，就这样，很快这名字就有了一个意思了。事情就这样围绕着名字积攒了起来。倘若弄不好，你就有个坏名声，你就没法跳出你的名字，哧溜一下逃之夭夭。倘若弄得好，你就有个好名声，那你就该心满意足了。”

"可围绕着我的旧名字都积攒了些什么样的事情？"弗·简茉莉发问。见贝拉妮斯没马上回答，弗·简茉莉便回答了自己的问话。"什么都没有！看看？我的名字什么意思都没有。"

"唔，并非完全如此，"贝拉妮斯说，"大家想到弗兰琪·亚当斯，心里就想到弗兰琪已经读完七年级 B 班。还有弗兰琪在浸礼会复活节寻蛋乐游戏中找到了那只金蛋蛋。还有弗兰琪住在小树林街，还有——"

"这些事情不算什么，"弗·简茉莉说，"看看？它们不值一提。我从来就没碰上过什么事情。"

"会碰上的，"贝拉妮斯说，"会碰上事情的。"

"什么事情？"弗·简茉莉问。

贝拉妮斯叹了一声，伸手去怀中摸切斯特菲尔德烟盒。"你这样死盯住我问，我没法确切告诉你。要是能告诉你，我就可以做魔法师去了。我这会儿就不会坐在这间厨房里，而是去华尔街做魔法师挣一份体面收入了。我能说的就是，会碰上事情的，不过会碰上什么，我就不知道了。"

"顺便提一句，"过了半晌弗·简茉莉说，"我想我会去你家看看大妈妈。我不信命相，也不相信诸如此类的事，不过我想听听也无妨。"

"随你便。不过，我觉得没什么必要。"

"我想我现在该走了。"弗·简茉莉说。

可她依旧站在黑下去的门口，等着不走。夏季薄暮的各种声响漫过厨房的寂静。锡瓦尔铖锛姆先生已调完了音，刚才一刻钟里，他一直在弹些小曲子。他弹琴靠背谱，他是个动作一抽一抽、紧张兮兮的老头儿，总叫弗·简茉莉联想到一只银蜘蛛。他弹出来的曲子也是一抽一抽、紧张兮兮的，他弹了忽高忽低、一团迷糊的华尔兹，弹了叫人提心吊胆的摇篮曲。街区那头一架收音机正郑重其事地播出一些他们听不清楚的东西。隔壁奥尼尔家的后院，孩子们叫嚷着在拍皮球。傍晚的声响彼此抵消着，在渐暗渐黑的暮空里，也渐渐隐去了。而厨房本身，则非常之静。

"听着，"弗·简茉莉说，"我一直想说的就是这个。你不觉得这很奇怪吗，我是我，而你是你？我是弗·简茉莉·亚当斯。你是贝拉妮斯·萨迪·布朗。我们可以彼此看见对方，相互触摸对方，在一间屋里一起过上好多好多年。可是我总是我，你总是你。我除了是我不可能是别的什么，你除了是你也不可能是别的什么。这个，你有没有想过？你觉不觉得奇怪？"

贝拉妮斯坐在椅子上一直轻轻地摇着。她坐的并不是摇椅，不过她仰靠在直背的椅子上，翘起前椅腿一下一下摇着，轻轻点着地板，为了平衡自己，她僵直的黑手扶着桌沿。弗·简茉莉说话时，她停止了摇动。最后她说："我有时候也想过。"

这时分厨房轮廓凋败下去，而话语声却绽放出来。他们轻声软语，他们的语声盛放如朵朵鲜花——倘若声音能像鲜花，话语可以盛开。弗·简茉莉站着，双手交握枕着后脑勺，面对黑下去的屋子。她感到那些未名的话语已经堵上喉咙，而她已经准备好将它们说出口。那些奇谲的话语在她的喉中鲜花盛放，是她说明它们的时候了。

"这个，"她说，"我看见一棵绿树。对我来说，树是绿的。而你也可以说那棵树是绿的。那样我们的看法就一致了。但你看作的绿和我看作的绿是不是同样一种绿呢？或者说，我们俩都把一种颜色叫黑。但你怎么知道你的黑和我的黑是同样一种黑？"

过了半晌，贝拉妮斯方说："这些事儿我们就验证不了了。"

弗·简茉莉将脑袋在门上蹭着，举起一只手扼起自己喉咙。她的声音无可奈何低下去。"这反正不是我要说的意思。"

贝拉妮斯的香烟青雾飘浮在屋子里，呛人、温热，迟迟不散。约翰·亨利踢踢踏踏趿着高跟鞋，从灶头走到桌边，又走回去。墙里有老鼠倒腾出索落索落的声音。

"我要说的意思是这样的，"弗·简茉莉道，"你在街上走，你碰上一个人，随便什么人。你们彼此看着对方。而你是你。他是他。然而当你们彼此看着对方，便对上了眼，建立了一种联系。接着你自管走你的道，他自管走他的路。你们走向小镇不同地方，也许你们永远不会再见到。你们此生不会再见到。你明白我意思了吗？"

"不完全明白。"贝拉妮斯说。

"我在说我们这个小镇，"弗·简茉莉抬高了声音，"此地有这么多我从没见过或不知他们姓甚名谁的人。我们交臂而过，却没有任何联系。他们不认识我，我也不认识他们。现在我就要离开小镇了，可镇上有这么多我永远不会认识的人。"

"可你要认识谁呀？"贝拉妮斯问。

弗·简茉莉回答道："所有人。整个世界。整个世界上所有的人。"

"哎哟，我但愿你能听听那种话，"贝拉妮斯说，"要认识威利斯·罗兹那种人吗？要认识那些个德国赤佬？那些个日本鬼子？"

弗·简茉莉脑袋撞门框，又仰头望黑乎乎的屋顶。她的声音哽住了，她又那么说了一遍："这不是我要说的意思。我说的不是这个。"

"那，你要说的是个啥？"贝拉妮斯问道。

弗·简茉莉摇着头，就好像她也不知道。她的心冥暗而沉默，而那些未名的话语从她心头绽开了鲜花，盛放了，她等待着去说明它们。从隔壁邻家传来傍晚孩子们打棒球的声响，还有拖腔拉调的喊叫："就——位！就——位！"接着是空心球"嗵"的一声，扔球棒"啪"的一响，奔跑的杂沓脚步，一片大呼小叫。窗户是一框清淡、微弱的长方形光亮，一个小孩子追着球，穿过院落，追进黑黢黢的葡萄棚里。那孩子身闪如飞影，弗·简茉莉没看清他的脸——他的白衫衣角在身后逸然一飘，如奇异的翅羽。窗外，暮色迟迟不去，苍茫而静滞。

"让咱上外面玩去，弗兰琪，"约翰·亨利轻声嘀咕，"听起来他们玩得开心极了。"

"不去，"弗·简茉莉说，"你去。"

贝拉妮斯在座椅里挪了挪，说："我想我们该开灯了。"

可他们却没去开灯。弗·简茉莉感觉有话堵在喉咙口没说出来，一种被噎住的难受让她哼哼起来，她脑袋撞着门框。最后她哽着嗓子高声一喊：

"这个——"

贝拉妮斯等着下文，可却没听她再说下去，于是问道："老天，你这是怎么一回事呀？"

弗·简茉莉说不出那些未名的字眼，所以过了半晌，她将脑袋往门上撞了最后一击，接着便开始绕餐桌兜圈儿走。她直着腿儿走小碎步，因为她觉得恶心，不想去摇晃胃里刚吃下去、搅成一团的饭菜。她开始尖起嗓子说得飞快，但说出来的话却是不对头的，不是她心里想说的。

"嚯好男儿！好儿男！^①"她说，"我们离开冬岭就去好多好多你都想不到你都不知道这世上竟然存在的地方。至于我们先去哪里我不知道，不过没关系。因为到了那里之后我们就会继续上路去另一处地方。我们打算一直走下去，我们三人。今天这里，明天那里。阿拉斯加，中国，冰岛，南美。坐火车到处兜。乘飞机满世界跑。骑摩托风驰电掣。今天这里，明天那里。满世界跑。确确实实就这样。嚯好儿男！"

弗·简茉莉猛地一拉餐桌抽屉，在里面一阵翻，找屠刀。她并不要用屠刀，但她这么绕桌疾走，手里想抓个什么东西挥舞挥舞。

"说到要碰上什么事情，"她说，"会来得很快，快得我们都来不及明白过来。海军上校简维斯·亚当斯击沉日本战舰十二艘，被授予总统勋章。弗·简茉莉·亚当斯小姐打破一切记录。简妮丝·亚当斯夫人选美大赛中夺魁联合国小姐。事情一件紧跟一件，快得我们应接不暇。"

"停下来，傻丫头，"贝拉妮斯说，"放下刀。"

"我们会碰见他们。所有人。我们只要向他们走过去就立即认识他们了。我们走在漆黑的路上，望见亮灯的住家就

---

① 原文 Boyoman! Manoboy! 可能是 Boyo man！ Mano boy！的混音。Boyo，威尔士俗语，Mano，葡萄牙俗语，皆为男孩或小伙子之意。

去敲门，陌生人会马上前来迎见我们并且说：请进！请进！我们会结识功勋飞行员、纽约人和电影明星。我们会有几千个朋友，几千几万几万万个朋友。我们将是许许多多俱乐部的成员，多得我们都弄不清。我们将是整个世界的成员。嘿，好男儿！好儿男！"

贝拉妮斯长了一条强壮的长右臂，弗·简茉莉绕桌兜圈再一次兜过她跟前时，这条长臂伸出去，一把拽住她衬裙，动作之迅捷让她一个趔趄，骨头咔啦一响，牙齿也咯哒一磕。

"你在发痴说疯话吗？"长臂将弗·简茉莉揽过去，搂住了她的腰，"看你汗出得，像头骡。过来，让我摸摸你额头。你发烧了没？"

弗·简茉莉抓过贝拉妮斯的一条辫子，假装要用手中屠刀割它下来。

"你在抖，"贝拉妮斯说，"我确确实实认为你今儿一天在烈日头里到处跑，跑出高烧来了。宝贝儿，你肯定你没病了？"

"病了？"弗·简茉莉问，"谁病了，我？"

"坐我腿上来，"贝拉妮斯说，"歇一歇。"

弗·简茉莉把刀搁桌上，在贝拉妮斯的腿上坐安稳了。她往后靠，将脸贴着贝拉妮斯的颈脖；她的脸汗津津，贝拉妮斯的颈脖也一样汗津津，她们俩都散发着咸酸刺鼻的汗味儿。弗·简茉莉右腿横搁在贝拉妮斯膝头，它发着抖——不过当她脚尖点地，腿就不再颤抖。约翰·亨利趿着高跟鞋朝她们踢踢踏踏走过来，他酸溜溜的，蹭过来挨着贝拉妮斯。他伸出一条手臂勾着贝拉妮斯的头，抓牢她一只耳朵。这样过了一会儿，他就试着想将弗·简茉莉从她腿上弄下去，坏心眼地在弗·简茉莉的皮肉上细小尖利地一掐。

"别碰弗兰琪，"贝拉妮斯说道，"她又没咋惹你。"

他做出一副苦恼兮兮的腔调："我病了。"

"没，你没病。安静点儿，给你堂姐一点爱，你别小心眼。"

"霸道鬼、坏心眼，弗兰琪。"他伤心地尖声抱怨。

"眼下她哪儿坏心眼了呢？她只不过累趴了在这儿靠一靠呀。"

弗·简茉莉扭转头去，将脸埋在贝拉妮斯的肩窝里。她能感觉到贝拉妮斯那柔韧的大奶贴着她后背，还有她宽阔绵软的肚腹，温暖结实的大腿。弗·简茉莉刚才大喘吁吁，不一会儿就平缓下来了，就这样她的呼吸和贝拉妮斯的合上了拍；她们两人彼此紧偎，仿佛成了一个身体了，贝拉妮斯一双舒展不直的手，十指相扣，环在弗·简茉莉的胸前。她们背对着窗，在她们前面，厨房眼下已差不多全黑了。最后，是贝拉妮斯先叹一口气，开始为刚才那一番异常的谈话作一个了结。

"我想我大概知道你想说的意思了，"她说，"我们大家多少都是给困住的。我们生来各有各的命，为什么那样我们不懂。但不管怎么说，我们都是给困住的。我生来是贝拉妮斯。你生来是弗兰琪。约翰·亨利生来是约翰·亨利。兴许我们都想松动松动，挣脱出自己去。可是不管我们怎么做，我们照样给困住。我还是我，你还是你，他还是他。我们每个人不知怎么还是被自己困在自己里头。这是不是你想说的？"

　　"我也不知道，"弗·简茉莉说，"不过我不想给困住。"

　　"我也不，"贝拉妮斯说，"咱谁都不。我给困得比你厉害得多。"

　　弗·简茉莉明白她为什么这么说，是约翰·亨利用他那童稚的声音问："为什么呀？"

　　"因为我是黑人，"贝拉妮斯说，"因为我是有色人种。每个人都是这样那样给困住的。不过他们就这么让所有有色人种又结结实实困了额外一层。他们就这么把我们挤到只有我们自己的一只角落去了。所以我们首先给困住，就像我方才说的，所有人都得给困住的那样。我们又因为黑人的缘故另外又被困住。有时候，像哈尼那样的小伙子感觉好像他再也没法子喘过气来啦。他感觉好像非得打碎什么，不然就打碎自己。有时候真叫我们没法受得了啊。"

"这我明白，"弗·简茉莉说，"我但愿哈尼能动手干一干。"

"他只是觉得绝望啊。"

"是的，"弗·简茉莉说，"有时候我也觉得想打碎什么。我但愿自己能把小镇打个粉碎。"

"这我听你提过，"贝拉妮斯说，"不过于事无补。关键是我们都给困住了。我们用各种办法想松动自己，让自己自由。比方说我和鲁迪。我和鲁迪一起过日子时，我不觉得那么给困住。后来鲁迪死了。我们到处试着各种办法，可不管怎么干，还是给困住。"

这番对话几乎叫弗·简茉莉害怕。她贴紧了贝拉妮斯，两人非常慢地呼吸着。她看不见约翰·亨利，但能感觉到他：他踩在椅背后的横档上，抱着贝拉妮斯的头。他抓住了她的耳朵，因为不一会儿就听贝拉妮斯说："心肝宝贝儿，别这么揪住我耳朵呀。我和弗兰琪不会扔下你，从屋顶上飘走的。"

水在洗水池里迟滞地滴着，老鼠在墙背后东奔西突。

"我相信我领会你说的话，"弗·简茉莉说，"不过同时，你差不多该用'松散'这个词，而不该用'困住'。说来它们是两个意思相反的词。我是说你四处走动，你看见所有的人。在我看来，他们都松松散散、无所羁绊。"

"无法无天吗，你是说？"

"喔，不是！"她说，"我是说你看不出有什么东西把他们连在一起。你看不出他们打哪里来，往哪里去。譬如，是什么让人一开始竟然会来小镇？这些人打哪里来，他们打算干什么？想想所有那些士兵。"

"他们生出来，"贝拉妮斯说，"然后会死掉。"

弗·简茉莉的声音高而尖。"我知道，"她说，"但这都意味着什么呢？大家既松散疏远彼此不相关，同时又给困住。又困住又松散。所有这些人，你不知道是什么把他们连在一起。其中肯定有某种道理和联系的。可不知为什么我却说不出来。我也不知道。"

"倘若知道，你就成上帝啦，"贝拉妮斯说，"难道你不知道？"

"也许吧。"

"我们知道的也就这些。除外，我们就再也不知道了。"

"可我但愿自己知道。"她的背拧折了，于是她在贝拉妮斯腿上扭了扭，舒一舒身体，两条长腿没模没样地伸到餐桌底下。"反正等我们离开冬岭，我就用不着再担心什么啦。"

"你现在用不着。又没人要求你解开人间大谜啊。"贝拉妮斯颇有用意地深吸一口气，说："弗兰琪，你生了一副我这辈子碰过的最最尖的尖骨头。"

这是让弗·简茉莉站起来的明确暗示。她该去拧亮灯盏，从烤炉里拿一只纸杯蛋糕出来，然后去镇上完成该做的事儿。但弗·简茉莉在贝拉妮斯怀里脸贴着她的肩膀，又再赖了一会儿。夏日傍晚的各种声响嘤嘤嗡嗡，模糊成一片，久久不去。

"刚才的话，我以前从没说过，"她终于说，"可是还有。我想知道你从前想过没有。我们在这里——现在。这一分钟。此时此刻。可我们这么说的时候，这时刻已经过去。永远不会再来。永远永远。它一过去就永远过去了。世上不存在任何力量能再将它拉回来。它过去了。这个你从前想过没？"

贝拉妮斯没回答，厨房已是漆黑。他们三个彼此紧挨着，无言，他们能感觉、听见彼此的呼吸。接着突然就来了，至于怎么开始，为了什么，他们都不明白；他们三个哭了。他们同时哭了，就像常常在这些夏夜他们会突然同时开始唱歌。这年八月，常常就在黑头里，他们会突然同时唱起一支圣诞颂歌，或一首撕心裂肺的蓝调之类的谣曲。有时候他们预感要唱了，对唱的歌，他们会心有灵犀，不约而同。

或者，他们也会约而不同，各唱各的，同时唱起三支不同的歌来了，唱到最后歌调开始彼此混合、穿插，唱一支他们三人一起编出来的别样的歌。约翰·亨利扯着嗓子尖嚷，不管他自称唱的是什么调调，听起来总是一个样儿：悬吊中空的音符，颤抖而尖细，像乐顶，盖在其余的歌曲之上。而贝拉妮斯的声音暗沉、笃实而浑厚，她用脚跟拍地，打着弱拍。老弗兰琪的声音则游走在贝拉妮斯和约翰·亨利之间的中间地段，时高时低，时抑时扬，于是他们三个的声音便糅合起来，一段段、一片片缝合成一首歌儿。

他们常常会这样唱，在黑夜降临的八月厨房里，他们的歌声既甜蜜又古怪。但他们从没突然一起哭过；虽说他们各有各的哭的原因，然而他们就在同一瞬间开始哭，像是心与心有约。约翰·亨利哭，因为吃醋，尽管后来他想说他哭，因为墙内老鼠。贝拉妮斯哭，因为他们聊到了有色人种，或因为鲁迪，或因为弗·简茉莉的一把骨头真是太尖。弗·简茉莉不明白她为什么哭，但她给出的原因是她剪的寸头和肘弯的糙皮。他们在黑头里哭了一分钟光景。接着他们突然刹住不哭了，像他们哭起来一样突然。这一番异常动静吓得墙内老鼠也没了声音。

"起来。"贝拉妮斯说。弗·简茉莉去拧亮了灯盏，他们围餐桌站着。贝拉妮斯挠挠头，吸了吸鼻涕。"我们真的哩是一帮苦恼人。我纳闷是怎么开始的。"

黑暗之后的灯光显得突兀而刺眼。弗·简茉莉旋开水池的龙头，将脑袋伸到水流之下。贝拉妮斯撩起一块抹布擦了把脸，又去镜前拢了拢自己一头辫子。约翰·亨利像个干瘪矮小老太太，头顶羽毛粉红帽，脚下两只高跟鞋。厨房四壁画满乱七八糟的涂鸦，白晃晃一片。灯光之下，他们三个彼此眨着眼睛，就像三个陌生人，或三个幽灵。就在这时前门打开，弗·简茉莉听见她父亲脚步滞重地跨过门廊。蛾子已上窗户，展开翅膀平贴着纱窗，就这样，终于过完了厨房的最后一个下午。

三

那天晚上不太晚的时候，弗·简茉莉经过监狱；她在去甜村算命的路上，虽说监狱并不顺道，可她想在永远离开小镇之前最后再看上它一眼。因为这年春季和夏季监狱一直纠缠着她，叫她害怕。那是一栋老砖牢，三层楼高，被上层有尖刺的螺旋铁丝网围住。监狱里关着小偷、抢劫犯和杀人犯。石囚的窗上钉了铁条，罪犯们被关在其中，也许能撞石墙、掰铁条，但是绝对逃不出来的。他们穿的是条纹囚衣，吃的是冷玉米饼，还有和蟑螂一锅煮的冷豌豆饭。

弗·简茉莉认识一些被关进监狱的人，都是有色人种——名叫开普的男孩，还有贝拉妮斯的一个朋友，被她的白人女雇主控告偷了一件毛衣和一双鞋。来逮你时，黑马利亚一路警笛尖叫到你家，一窝警察冲进门，一把揪住你就拖去监狱了。自从老弗兰琪在西尔斯·罗伯克百货店偷了一柄三刃小折刀，她就开始留心起监狱——晚春的那些下午，有时候她会走到监狱的对街，被叫做"监狱活寡妇道"的路上，朝对面张望很久。罪犯常常会扒住窗铁条；她觉得他们的目光和庙会上的怪胎那种滞塞呆定的目光很像，似乎朝她呼喊：我们知道你。偶然逢礼拜六下午，从一个被大家唤作牛棚的大石牢里会传来狂呼乱嚷、大歌大唱。不过今天傍晚监狱倒是安静的——除了亮着灯光的囚窗上有一犯人，或者干脆说有一只脑袋和扒住铁条的两只拳头的轮廓。砖石监狱黑森森的，即便大院和几间囚室都亮着灯。

"你为啥给关起来呀？"约翰·亨利喊。他离弗·简茉莉不远不近地站着，穿着一件水仙吊带裙，因为弗·简茉莉已经把她所有戏装统统都送给他了。她不想带他来，可他左求右求，最后索性远远跟着她来了。见那囚犯没回答，他用尖细的嗓音又高喊道："你会被吊死吗？"

"闭嘴！"弗·简茉莉说。今晚监狱却没叫她害怕，因为明天这时候她已远走高飞了。她朝监狱又最后望了一眼，接着继续往前走。"换上你关在监狱里，有人冲你叫这种话，你觉得怎么样？"

她走到甜村时已过了八点。夜晚灰扑扑、紫莹莹。街两边住屋挨住屋，家家敞着门，一些起居室里油灯飘忽，照亮前屋床铺和布置了摆设的壁炉架。人语嘤嘤喻喻、模糊不清；远处传来钢琴和小号演奏的爵士乐。小孩们在夹弄里玩耍，尘土上留下他们一圈圈的脚印子。人们为过礼拜六之夜打扮起来，在一个街角，她与一群笑闹着的有色人种男孩、女孩擦肩而过，他们都穿着亮闪闪的晚会装。街上弥漫着的欢聚气氛提醒了她，就在这个晚上，她，一样也可以去"蓝月亮"约会。她和街上的人搭讪，又一次感应到在她的目光和他人的目光之间那种无法明言的联系。铁线莲枝蔓的气息，交杂着苦涩的尘土，茅厕和晚餐的混合气味，编织着夜的空气。贝拉妮斯住的房子在楝树街拐角上——一栋两开间住家，带个极小的前院，院子边沿嵌了些碎瓷片和瓶盖子为界。门廊有一条凳，其上摆了几只罐子，种着深绿茵茵的蕨草。门半开半掩，弗·简茉莉能够望见里面昏黄飘摇的油灯火。

"你在外面等着。"她对约翰·亨利说。

门背后有个破锣嗓子在低声说话，当弗·简茉莉叩门时，那声音停了片刻，然后问道：

"谁？是谁？"

"我，"她说，要是她用自己的真实名字回答，大妈妈是认不得的，"弗兰琪。"

木板窗敞着，但屋里感觉憋闷，一股病人和鱼腥的气味。起居室虽挤，收拾得倒是有条有理。一张床靠右墙摆，对面一台缝纫机和一架泵管风琴。壁炉架上方挂着鲁迪·伏里曼的一幅相片，壁炉架上摆设着花哨的日历，庙会上赢来的奖品，纪念小物件。大妈妈躺在门边靠墙的一张床上，这样一来白天她就可以从前窗望出去，望见蕨草幽幽的门廊和外面的街。她是个有色人种老太太，枯槁，老骨头就像一柄扫帚把；她左半边的脸和脖子的皮肤像牛脂的颜色，所以那部分的脸几乎是白的，其他部分则是红铜色的。老弗兰琪从前觉得大妈妈正慢慢变成个白人呢，可贝拉妮斯却说那是一种皮肤病，时常会落在有色人种身上。大妈妈从前替人浆洗精细的衣物和缝制打褶的窗帘，直到那年病痛叫她弯不下腰，她只好卧床了。不过她的能耐并没因此有任何逊色，相反，突然之间她找到了先知先觉的阴魂眼。老弗兰琪向来觉得她诡异得叫人提心吊胆，还是小孩子时，她心里的大妈妈总是和游荡在煤炭房里的三只鬼魂有牵连。即便现在，已经不再是小孩子，大妈妈还是给她一种诡秘而不安的感觉。大妈妈躺在三只钩有花边的鸭毛靠枕上，瘦骨嶙峋的腿上盖了条杂色薄被。搁油灯的起居室桌子拖到了床边，这样她可以够到桌上的物件：一册释梦书，一只白瓷碟，一只女红篮，一只装水的果冻杯，一本《圣经》以及其他东西。弗·简茉莉进门前，大妈妈正在自说自话，因为这是她的老套路，躺在床上，跟自己说她是谁，在干什么，打算干什么之类。墙上挂了三面镜子，反射着水波似飘摇的油灯灯火，晃悠跳跃的昏黄灯火在屋子里投下大片暗影；须得剪一剪灯芯了。后屋有人走动。

　　"我来是想算一算命。"弗·简茉莉说。

大妈妈一个人时会自说自话，但碰上其他场合，她会变得相当沉默。她盯住弗·简茉莉看了半晌，才开口："很好。把风琴前的凳子拉到跟前来。"

弗·简茉莉将凳子挪到床边，身体往前凑，伸出手掌去。可大妈妈并没接她的手掌。她观察着弗·简茉莉的脸，然后从床底下拖出痰盂，往里吐了一口烟叶，这才戴上眼镜。她等了那么长时间，弗·简茉莉因此暗想她这是在读自己的心思，这么一想她就不自在起来。后屋的脚步声停了下来，这房子一时煞静。

"用心回想一下，"她终于开口，"告诉我你最后一次做梦的梦境。"

弗·简茉莉用心回想着，可她不常做梦。最后她想起来这年夏季做过的一个梦。"我梦见有一扇门，"她说，"我只是朝它看着，看着看着，它竟开始慢慢打开了。我觉得好怪，就醒过来了。"

"梦里有没有一只手？"

弗·简茉莉想了想。"我想没有。"

"门上有没有一只蟑螂？"

"哎哟——我想没有。"

"它表示了下面的意思，"大妈妈慢吞吞闭起又睁开眼睛，"你的人生里要发生一次改变。"

接着她抬起弗·简茉莉的手心，察视良久。"我从上面看出来你将要与一位浅发碧眼的小伙子结婚。你将活到七十古稀之年。不过你必须对水多加小心。我从上面看到一条红泥沟和一大捆棉花。"

弗·简茉莉暗自想，毫无意义，只是花了冤枉钱和时间。"这表示什么意思呢？"

可突然间，老太太头一仰，颈脖上的筋脉根根暴突，一声喝："你，撒旦！"

她朝起居室和厨房之间的那堵墙瞪着眼睛，弗·简茉莉也扭头看去。

"是的您哪。"后屋一个声音回答，听上去像哈尼。

"我跟你说过多少遍，把你两只烧灰大脚从餐桌上拿下去？"

"是的您哪。"哈尼又说了一遍。他的声音温顺得像摩西，弗·简茉莉能听见他两只脚落地的声音。

"你鼻子要跟书长到一起去了。哈尼·布朗。放下书，快把晚饭吃掉。"

弗·简茉莉发抖了。难道大妈妈能看穿那堵墙，看见哈尼脚跷在餐桌上看书不成？难道那两只眼睛能看穿一面实实在在的墙壁？看来有必要把她的每一字都仔细听进去了。

"我看见一笔钱。一笔钱。我还看见一场婚礼。"

弗·简茉莉使劲儿往外伸的手一阵发抖。"那个！"她说，"告诉我那个！"

"婚礼还是钱?"

"婚礼。"

油灯将她们俩巨大的暗影投在光秃秃的板壁上。"是近亲的一场婚礼。我看见将有一次旅行。"

"一次旅行?"她问,"什么样的旅行?长途旅行吗?"

大妈妈的手蜷曲,白斑东一块西一块,掌心就像一摊烊掉的粉红生日蜡烛油。"短途旅行。"

"可怎么会——?"弗·简茉莉开始说。

"我看见出门去,回家来。一次离开,一次回归。"

毫无意义,因为贝拉妮斯肯定已经把去冬岭的行程和婚礼的事告诉过她了。但是她倘若能够看穿墙壁呢——"你肯定?"

"唔——"这下可好,老破锣嗓子听上去没那么满把满握了,"我看见一次离开,一次回归,不过也许不是现在。我不敢打保票。因为我同时还看见许多条道路,火车,还有一笔钱。"

"啊!"弗·简茉莉说。

有脚步声,哈尼·坎顿·布朗站在起居室通向厨房的门槛上。他今晚穿着黄衬衫,戴了领结,他向来打扮得山青水绿——可他的黑眼睛却是忧伤的,他的长条脸板得像石头。弗·简茉莉知道大妈妈说哈尼·布朗的话。她说他是个上帝还没造完的孩子。造物主过早从他身上撒了手。上帝还没造完他，所以他得自己四处乱走，东一榔头西一斧子，把自己造完。老弗兰琪第一次听见这番话时，她并不明白背后的寓意。这话叫她联想到一个半个头的怪孩子——一条胳膊一条腿，还有半张脸——一个半个头的人顶着无望的夏季日头，在小镇的犄角旮旯东突西跳。不过后来她稍稍明白些了。哈尼会吹小号，在他上的有色人种高中里，他学习成绩排第一。他从亚特兰大邮购了一册法语书，自学了些法语。但同时他也会突然失控地在甜村到处疯跑，无所顾忌，折腾上好几天，直到朋友把折腾得半死不活的他送回家。他的嘴皮翻动起来又轻又快，如蝶翼；他能说会道，丝毫不输她所闻所知的任何人——然而碰上另外的时候，他却只哼哼出一声"黑不溜秋"①的嘟哝算是回应，连家里人都觉得抓瞎。造物主，大妈妈说，过早从他身上撒了手，所以把他丢在永世的憾恨之中。眼下他正倚靠门框站着，瘦瘦垮垮的，虽说脸上有汗，可看上去却好像很冷。

"我走之前，您还有什么事要吩咐么？"他问。

那天晚上哈尼身上有某种东西触动了弗·简茉莉：凝视着他那一双忧郁而沉静的眼睛，她就感觉到自己有话想对他诉说了。灯影里，他的皮肤是一种浓暗的紫藤颜色，他的嘴唇抿拢，显得阴郁。

---

① 原文为 colored，是 colored（有色人种的）故意的旧读。

"贝拉妮斯有没有跟你说过婚礼？"弗·简茉莉问。但仅此一次，她感到婚礼并不是她非说不可的事。

"啊——哼。"他答。

"我眼下没什么事。提·提马上会过来陪我一阵，和贝拉妮斯碰头。你上哪里去，孩子？"

"我去叉瀑。"

"唔，头脑发热先生，你啥时候决定的？"

哈尼倚靠门框站着，犟头倔脑的，不吭声。

"为什么你不能跟大家伙儿一样呢？"大妈妈说。

"我只是在那里待过礼拜天，礼拜一一早就回来。"

弗·简茉莉仍然被那种有话要对哈尼说的感觉纠缠着。她朝大妈妈道："你刚才正跟我说婚礼的事来着。"

"不错，"她并没看弗·简茉莉的掌心，而是冲着蝉翼纱连衣裙、丝袜和新买的浅口银色皮鞋瞅，"我告诉过你了，你会嫁一位浅发碧眼的小伙子。是说以后。"

"可我说的不是这个，我意思是说另一场婚礼。还有旅行，还有你所看见的许多道路和火车。"

"正是，"大妈妈接口道，虽说大妈妈又瞄了一眼她掌心，弗·简茉莉却有一种感觉，大妈妈的心思已经不怎么放在她身上了，"我预见一次旅行，一次离开和一次回归，再往后，还有一笔钱，许多道路和火车。六是你的幸运数，可对你来说，碰上十三有时也吉利。"

弗·简茉莉要争辩、要抗议，但你怎么能跟算你命的人抗争呢？她至少要把自己的命数搞搞清楚，因为有回程的旅行和所预见的许多道路和火车不相吻合。

正当她要追问下去，门廊上响起了脚步声，叩了一下门，提·提走进起居室。他非常得体，先是擦脚，还给大妈妈带来一盒冰激凌。贝拉妮斯说他不让她发抖，的确他怎么也算不得是个俊男；他西装背心下面的肚皮像只西瓜，后颈上叠着滚肥的肉。他把人气带了进来，这两开间住家里的人气是她向来又喜欢又羡慕的。在老弗兰琪看来，她每每上这里来找贝拉妮斯，屋里总有好多人——家人，各种名堂的堂兄弟姊妹，朋友。冬天时，他们坐在壁炉边，团团围住颤动的炉中旺火，七嘴八舌，谈天说地。到了清秋的夜晚，他们总是最先弄来甘蔗吃，贝拉妮斯会往细长细长的紫甘蔗节上一砍，他们把嚼得不成样的、印着各自齿痕的蔗渣扔在地上铺着的报纸上。油灯的灯光给屋子增添了一层特别的色彩，一种特别的气味。

眼下，因为提·提的到临，唤起了那种人气腾腾、热热闹闹的往日感觉。命显然算是算完，弗·简茉莉将一枚一角分币放入起居室桌上的白瓷碟里——虽不明码标价，但焦虑未来的人来见大妈妈，大抵都会付他们认为适当的钱。

"我说啊我从没见过蹿个儿蹿成你这样的人，弗兰琪，"大妈妈评论说，"你兴许该弄块砖头绑脑袋上。"弗·简茉莉的脚跟虚了虚，膝盖骨略微弯起，肩膀佝偻了起来。"你这身连衣裙蛮好看。瞧这银皮鞋！还有长丝袜！你乍一看就像个有模有样的大姑娘哩。"

弗·简茉莉和哈尼不约而同走出屋子，她仍然被有话要对哈尼说的感觉纠缠着。在夹弄里干等的约翰·亨利朝他们飞跑过来，但哈尼却没像往日那样举起他来荡几圈儿。今天晚上他显得漠然、阴郁。冷月清白。

"你去叉瀑干什么呢？"

"逛逛而已。"

"你信那些命吗？"见哈尼没回答，她又往下说，"她朝后面呵斥，叫你把脚从桌上拿下去。让我大吃一惊。她怎么知道你脚在桌上？"

"镜子，"哈尼说，"有面镜子在门边，所以她能看到厨房。"

"噢，"她说，"我从来没信过命。"

约翰·亨利正拉着哈尼的手，仰起头来望他的脸。"什么是马力呀？"

弗·简茉莉感觉到了婚礼的神力，就好像最后一个晚上，她该发号施令、给出建议。有些事情她得告诉哈尼，敲一下警钟或给一些高明建议。她搜索枯肠，有个主意咕嘟冒了出来。这主意是如此新鲜，如此出其不意，以至于她立马收住脚步，站定，一动不动。

"我知道你该干什么。你该去古巴或墨西哥。"

哈尼走在前面几步之外，她说话时，他也停下脚步。约翰·亨利走在他俩当中，他从这张脸看到那张脸，清白的月光下，他自己的脸显得有几分蹊跷。

"真的。我是完全认真的。你在这里和叉瀑之间逛来逛去，对你没一点好处。我见过有关古巴人和墨西哥人的许许多多照片。他们都过得很开心，"她顿了顿，"这就是我要谈的。我认为你在小镇上永远不会幸福。我认为你该去古巴。你肤色那么浅，你甚至还有种古巴人的神态呢。你可以去那里，变个古巴人。你可以去学那里的外国话，古巴人谁都不会知道你是有色人种孩子。你懂我意思吗？"

哈尼一动不动，如一尊黑色雕塑，也同样沉默。

"什么呀，"约翰·亨利又问道，"看上去是什么样的——那些个马力？"

哈尼一个急转身，径直走下夹弄。"妙得无法想象①。"

"不，不是！"听哈尼对她用"妙得无法想象"这字眼，弗·简茉莉暗自欢喜，在继续游说之前，她又把这字眼对自己默默念叨了一遍，"一丁点儿也不是想象的。你记住我的话。这是你能走的上上策。"

可哈尼只是哈哈一笑，拐进下一条夹弄，走了。"回

---

① 原文为 fantastic，意为幻想出来的或不现实的，口语里也可解释为极妙的。

头见。"

镇中心的街叫弗·简茉莉联想起嘉年华庙会。这里弥漫着如同过节的轻松自在的气氛；而且跟早晨一样，她感觉每件事情都有她的份，她被包括，她乐颠颠轻飘飘的。有一汉子在主街拐角上兜售机动小鼠，还有个缺胳膊的乞丐，腿上搁着马口铁罐子，盘坐在人行道边，望风景。她以前从没见识过入夜的前街，因为晚上她是该在家附近的邻里玩耍的。对街的仓房一片漆黑，但街尽头带着许多窗户的四方形纺织厂，扇扇窗户都亮堂堂，从那里飘来织机低声的嗡嗡，还有染缸的气味。店铺大多都开着，霓虹灯招牌的光影交相辉映，使前街看上去湿漉漉、水灵灵的。士兵们有些站在马路拐角上，还有些伴着与他们约会的大姑娘蹓跶。声是那模糊混沌、嘤嘤嗡嗡的深夏之声——纷杂的脚步，嘻嘻哈哈的笑，在拖拖沓沓的嘈杂之上，有人扯着嗓门在楼高处往底下的夏之街呼叫。建筑散发着砖墙日晒的气息，人行道在她银色新皮鞋的鞋底之下热烘烘。走到"蓝月亮"对过的街口，弗·简茉莉停下脚来。从这天早晨她遇上大兵以来，时间似乎已过了很久；之间横亘着一个漫长的厨房下午，对大兵的记忆不知怎地已经褪色。约会，在那个下午，看似那么遥远。而现在已差不多九点，她犹豫不决。她有种说不清楚的感觉，什么地方不对头。

"我们去哪儿？"约翰·亨利问，"我想我们现在该回家了。"

他的声音把她吓了一跳，因为她几乎忘记了他。他站在那里，锁着膝盖骨，瞪大眼睛，身上拖泥带水地耷拉着平纹布旧戏袍。"我在镇上有事。你先回去。"他抬眼盯着她望，从嘴巴里掏出一团嚼过的泡泡糖——他想将它暂且在耳背上搁一搁，可耳朵因为汗水太油滑，所以他又将泡泡糖塞回嘴里。"回家的路，你跟我一样熟。照我吩咐的做。"说来也怪，约翰·亨利居然听了她：可当她望着他从她身边离开，在人群熙攘的街上走远，她心里泛起一阵空落落的怜悯——披在旧戏袍里，他看上去是那么幼小稚嫩，那么楚楚可怜。

从街上走进"蓝月亮"，那变化就像从庙会的露天通道走进一座小篷子。蓝莹莹的灯光和晃动着的脸，喧闹。柜台和桌位占满了士兵，男人，还有神采飞扬的女士。她答应见面的那大兵正在店堂靠后一个角落里玩老虎机，五分镍币一枚接一枚往里塞，一个子儿也没赢出来。

"啊，是你。"当留意到她站在他身边时，他说道。有一瞬间他的目光显得空茫，是在脑中搜寻记忆的那种目光——但只一瞬间而已。"我怕你让我空等哩。"塞进最后一枚五分后，他抡起拳头揎了老虎机一下。"咱找个地方。"

他们在老虎机和柜台之间的一张桌旁坐下，虽说看钟，时间并没过多久，但弗·简茉莉觉得漫长得没完没了。并不是大兵对她不友善。他是友善的，但他们两人各自的谈话总是对不上茬，谈话底下的潜流里有一层她无法道明、无法理解的别扭。大兵梳洗过了，他胀鼓鼓的脸，耳朵和手，是干干净净的，一头红发因为润发剂而变深，梳理得峰峦起伏。他说下午睡过了，情绪挺欢快，话也说得挺俏皮。虽然她喜欢欢快的人，喜欢俏皮的话，但她想不出如何应答。大兵说话似乎又闪烁其词起来，尽管她作了努力，而言外之意她却无法弄懂——不懂的不是话本身的意思，而是话背后的调调。

大兵端了两杯饮料回到桌边；弗·简茉莉咕嘟灌下一大口之后，怀疑饮料掺了烈酒，虽说她已不再算小孩，可还是大吃一惊。这不但是一宗罪愆而且违反法律，十八岁以下的人是不可以喝正宗烈酒的，她推开玻璃杯。大兵乐颠颠、轻飘飘，一团友好，又有两杯下肚之后，她怀疑他是不是醉了。为了找话头，她说她哥哥在阿拉斯加一直游泳，可这似乎并没让他觉得有什么了不得。他既不说打仗的事，也不提外国和全世界。对他的玩笑话，她动了脑筋，可找不到相应的回答。就像演奏会上一名胆战心惊的学生，她得跟人合奏一首她完全陌生的二重奏，弗·简茉莉使尽浑身解数，想努力跟上这曲子。可很快她就气馁了，就只管龇牙咧嘴笑，都咧麻了嘴。拥挤的店堂里的蓝灯光、烟雾以及喧闹也把她弄得晕晕乎乎的。

"你是个挺逗的姑娘。"最后大兵说。

"巴顿，"她说，"我打赌他会在两礼拜里打赢大战。"

大兵一时默然，他的脸阴沉起来。眼睛定定地凝望着她，神情怪异，就是中午时她注意到的那种，是她从来不曾在别人脸上见过的、一种她吃不准的神情。过了一阵他开口了，他的声音变得温软而含糊：

"你刚才说你叫什么名字来着，美人儿？"

弗·简茉莉吃不准自己是不是爱听他这样称呼她，她用一本正经的声音报了自己名字。

"嗯，简茉莉，楼上去怎么样？"他的语调是探问，见她没马上回答，他便从桌边站起，"我在此地有间房。"

"嗨，我以为我们要去'闲暇时光'，跳跳舞之类的。"

"急啥呢？"他说，"不到十一点乐队差不多都不会开始。"

弗·简茉莉不想上楼，又不知道该如何回绝。就像走进庙会里的一座小篷子，或坐上旋转车，一旦进去了，不到展览秀或旋转车告一段落，你不可以拔脚就走。眼下这大兵，这约会，也是同样的情形。不到结束，她是不可以拔腿就走的。大兵站在楼梯脚等着，而她回绝不了，便跟在他后面。他们走了两段楼梯，走上一条狭窄的过道，过道上有股尿骚臭和油毛地毡的气味。弗·简茉莉跨出去的每一步，不知怎么，都让她觉得是不对头的。

"毫无疑问这是一家挺有趣的旅馆。"她说。

是客房里的静，警示了她，叫她提心吊胆；门一关上，她就立即察觉到了这静。天花板吊着一只赤膊电灯泡，灯光下客房显得粗劣、丑陋。起了漆皮的铁床上有人睡过，屋中央地上摊开一口行李箱，里面胡乱堆着士兵的衣衫。浅色橡木衣柜上搁了只装满水的玻璃水罐，还有一包吃剩一半的肉桂卷，上面裹着蓝白双色糖衣，爬了几只肥苍蝇。为了让风吹进屋，没纱窗的窗户敞着，醒里醒龊的薄窗纱拢了起来，在窗户上方挽了个结。屋角有只盥洗盆，大兵掬起双手，接了一捧凉水泼在脸上——香皂就是一块普通肥皂，而且已经用过，盥洗盆上方挂一标牌，写道：仅限洗漱之用。大兵走路脚步声咚咚，还有水声滴沥沥响，但不知为什么，静，依然滞留屋中。

弗·简茉莉走到窗前，窗下是一条窄巷，一堵砖墙；一条东倒西歪的防火梯通向地面，下面两层楼有一束束灯光射出。外面浮着八月夜晚的收音机和人语声，而屋里也有响动——这静，又该怎么解释呢？大兵坐在床上，现在她把他完完全全看作一个单个的人，而不再是热闹喧哗、优哉游哉的一帮人——这帮人成群结队在镇上东逛西逛，而后成群结队奔向大世界——中的一员。在静的客房里，她觉得他不仅与他们无关，而且还相当难看。她再也不能想象他身在缅甸、非洲或冰岛，就这点而言，甚至连阿肯色都不能。她看到的他，就只是屋里坐着的那个人。他那对凑得很近的浅蓝眼睛朝她定定盯着，眼神古怪——一层烟雨朦胧的柔，就像眼珠在牛乳里洗过。

客房的静正如厨房的静，于一个昏昏欲睡的下午，当嘀嗒嘀嗒的闹钟也停了——一种神秘的不安会悄悄兜上她心头，不到弄清楚是什么不对头，不安感不会消散。这种静，她曾经历过几次——一次在西尔斯·罗伯克百货店，突然沦为三只手之前那瞬间，再一次是四月份在麦基恩家的车库里。那是一种警醒的静，警告未知的麻烦就要临头；一种静，并非因为缺乏声音，而是一种等待，一个悬疑。大兵异样的目光并没从她身上移开，她害怕了。

"来，简茉莉，"他说，声音不自然，沙哑而低沉，说着他掌心朝上，向她伸出手去，"咱别这样拖拉了。"

接下来的瞬间就像在庙会的疯人廊，或就像真正的米利奇维尔疯人院。弗·简茉莉已经开始朝门口走，因为她受不了那种静。当她经过大兵时，他一把拽住她的裙裾，她吓得虚软，猛地被拖倒在他身边的床上。接着一刻发生的事，疯狂得简直不能理喻。她感觉他的手臂搂住了她，还闻到他衬衫上的汗酸味。他并不粗暴，但比粗暴还要癫狂——她一时惊怕得浑身瘫软。她无法挣脱，但用尽全身气力，一口咬将下去，咬的那物儿准是疯子大兵的一截舌头——他一声惨叫，她便脱了身。他又朝她扑过来，脸上是大惊的痛苦表情，她于是伸手抓过玻璃水罐，朝他脑瓜猛一砸去。他晃了晃，两腿开始发软，然后慢腾腾四仰八叉瘫倒在地了。那一声是空洞洞的，像榔头砸椰子，就是它最后打碎了那静。他一动不动躺在那里，大惊的表情仍停留在此时变得苍白的雀斑脸上，一星星血沫子挂在嘴角。不过他的脑袋瓜倒没开花，连条裂缝都没，可他是死是活，她就不得而知了。

静，过去了，就如厨房里的那些时刻，最初的惶惑之后，她弄明白叫她不安的原因，是闹钟停止了嘀嗒——可眼下没闹钟可摇晃，可贴耳朵上听一听，然后拧上发条，心中便可释然。她心里斜斜地掠过一条条扭曲的回忆：前楼卧房里的粗人发癫疯，下流话和坏坏子巴尼；她没让这些散乱的记忆片段联系起来，只是不断重复着"发疯"这个词。墙上有水，是玻璃水罐泼的，大兵躺在狼藉的客房里，惨不忍睹。弗·简茉莉对自己说：快走！刚朝门跨出脚，她就转身爬出窗口，攀上防火梯，飞快下到小巷子里了。

她跑得就像后有追兵的疯子，刚逃出米利奇维尔疯人院，她眼光笔直往前直冲；冲到自己家那段路的路口，见站着个约翰·亨利·韦斯特，竟一阵欣慰。他出门来寻找绕街灯翻飞的蝙蝠，他熟悉的小小身影稍微安定了她的心神。

"罗伊尔舅舅一直在找你呢，"他说，"什么事叫你发抖成这样子呀，弗兰琪？"

"我刚砸了一个疯子脑开花，"她一缓过气来，就告诉他，"我砸了他脑开花，不知他死了没。他是个疯子。"

约翰·亨利瞪着眼睛，不惊也不乍。"他怎么个疯法？"见她没马上回答，他又往下说，"他在地上爬来爬去呜呜哭，还淌口水吗？"有一天老弗兰琪想要作弄贝拉妮斯寻开心，就是那么干的。可贝拉妮斯没上她老当。"是这样吗？"

"不是，"弗·简茉莉说，"他——"可当她看入那一双冷漠而稚气的眼睛时，她便知道自己无法解释了。约翰·亨利是不会懂的，他的绿眸让她觉得怪异。他的心思有时就像他在拍纸簿上涂的蜡笔画。有一天他画了一张图画给她看。那是个爬在电线杆上的电话工。电话工正倚着自己的安全带，画面完整，从头到脚连攀登鞋都画出来了。那是一幅画得仔细的画，可她看了，心里就兜上不安来。她又细看着那画，直到看出蹊跷。电话工是侧面像，却有两只眼睛——一只就长在鼻梁上方，另一只就紧贴在它下面。那不是心急慌忙造成的差错；两只眼睛都仔细地画了睫毛、瞳仁和眼帘。侧脸上长两只眼睛让她觉得好生奇怪。可是去跟约翰·亨利理论，跟他争辩？还不如去跟水泥板争辩。他为什么这么干？为什么？因为他是电话工。什么？因为他正爬在电线杆上。简直不可能弄懂他的想法。而他也弄不懂她的。

"忘掉我刚才说的话。"她说。可话出了口，她就意识到自己这话说得不能再糟了，因为这样他就肯定不会忘掉。她于是扳住他的肩头，轻轻摇晃他。"发誓你不会说出去。这样发誓：要是我说出去，我愿上帝缝住我嘴巴，缝上我眼

178

皮，剪去我耳朵。"

可约翰·亨利不发誓：他只是将自己的大脑袋缩进肩胛，声音极轻，回道："走开！"

她又作了一次努力："要是你告诉任何人，我就会坐牢，我们也参加不了婚礼。"

"我不会说的。"约翰·亨利说。他有时候可以相信，有时候不可以。"我不打小报告的。"

一进住宅，弗·简茉莉先锁上大门，这才走入客厅。她父亲脱了鞋只穿袜子，坐在沙发上看晚报。让弗·简茉莉感到欣慰的是，在她和大门之间有她的父亲坐着。她害怕黑马利亚会来，竖着耳朵焦灼地听。

"我但愿我们此时此刻就出门参加婚礼去，"她说，"我觉得这么做是上上策。"

她走到后面的冰箱前，连吃六勺甜炼乳，嘴里那恶心滋味才开始渐渐消除。等待事情临头叫她坐立不安。她抱起图书馆借来的书，堆在客厅桌上。其中有一本从大人书区借来、她还没读的书，她在那书的扉页上用铅笔写道：如果你想阅读让你震惊[①]的东西，请看第 66 页。在第 66 页她写道：电。哈！哈！渐渐地，她的焦虑减缓下来；有父亲在身边，她感觉不那么害怕了。

[①] 原文为 shock，可作受震惊或遭电击。

"这些书该归还图书馆。"

她那四十一岁的父亲，瞧了一眼时钟："到时间了，四十一岁以下的人统统上床睡觉去。快，开步走，不许回嘴。我们五点就得起床。"

弗·简茉莉站在门口，欲走却不能。"爸爸，"她说，停了一分钟，"要是有一个人用一只玻璃水罐砸另一个人，他倒在地上不动了，你觉得他死了吗？"

她不得不重复这个问题，因为他没把她当回事，弄得她非得问两遍不可；她对他恨得咬牙切齿。

"喔，想来我这辈子还不曾拿水罐砸过谁哩，"他说，"你砸过？"

弗·简茉莉知道他这么问是开玩笑，所以她只是一边往门外走一边说："我这辈子不论去哪里，都不会比明天去冬岭更叫我高兴的。婚礼一结束，我们上了路，我真是高兴。我真是太高兴啦。"

上了楼，她和约翰·亨利各自脱去衣裳，关了马达和灯，他们一起在床上躺了下来——虽然她说她连一眨眼的工夫都睡不着。可她还是闭上了眼睛，当她再度睁开，有个声音正在喊，满屋已是熹微的曙光。

第三部

　　她说："别啦，丑陋的老房子。"此刻，她身穿瑞士式多
褶圆点短连衣裙，提着行李箱，在六点不到一刻穿过走廊。
婚礼上穿的礼服裙在行李箱中，等她一到冬岭就换上。在这
宁静时辰，天空是镜面的暗银，天空之下，灰色小镇看上去
好像不是一座真实的镇子，而恰似它自己映照出来的镜中
影；她跟这座不真实的小镇也道了别。公交车六点十分驶出
车站——她一个人踌躇满志地独坐着，像个常出远门的旅
人，远离她父亲、约翰·亨利和贝拉妮斯。可过了一会儿，
一团沉重的狐疑压上她心头，即便公交车司机的回答也不怎
么能令她满意。他们该北上，可在她看来公交车却似乎在南
下。天空变成燃烧似的明亮，白昼灼灼。他们经过无风而不
摆动的、在阳光里蓝幽幽的玉米地，一垄垄红棉田，大片大
片黑松林。公交车一英里一英里往前开，乡村看上去是越来
越南方了。他们途经的小镇——新乡、李村、奇豪——好像

一座比一座小，到九点，他们终于到达一个名叫花枝的奇丑无比的地方，要在那里换车。尽管有这么个名字，那里既不见花也不见枝——只有孤零零一爿乡村小铺子，外墙板上钉着一张破烂的马戏团旧海报，一棵楝树，树下停了一驾空马车，还有一头打瞌睡的骡。他们就在那里等开往甘泉的公交车，弗兰西斯还是疑虑重重，但她已经不再嫌弃那只午饭篮子，一开始午饭篮子让她觉得丢脸透了，因为它使他们看上去就像一窝不出门不见世面的人。公交车十点出发，十一点他们到了甘泉。接下来的数小时是无法解释的。婚礼像一场梦，因为一切都发生在一个她无力操控的世界里；从一开始，她那么规规矩矩、彬彬有礼地和成年人握手，直到幻灭的婚礼结束；望着小轿车载着他们俩从她身边开走，她扑向滚烫的沙尘，发出最后一声哭喊："带上我！带上我！"——从头到尾，婚礼如一场噩梦那样无从操控。到下午一切都已收场，四点钟，归程的公交车就离站上路了。

"猴子死啦，好戏完啦，[①]"约翰·亨利学舌道，他挑了最后第二排座位，紧挨着她父亲坐下了，"我们回家睡大觉啦。"

弗兰西斯但愿整个世界统统死掉。她坐在汽车尾座上，夹在车窗和贝拉妮斯之间，她已不再抽泣，但眼泪像两条小

---

① 出自田纳西·威廉斯的剧作《奥菲的沉沦》。

溪，鼻子也淌着涕水。她佝偻着双肩，身体伏在肿痛的心上，她是不再穿礼服裙了。她坐在贝拉妮斯边上，坐在后排，和有色人种们坐在一起，想到这个，她就用了一个她以前从来不用的恶毒词，黑鬼——现在她谁都恨，只想羞辱每个人。对约翰·亨利·韦斯特，婚礼只是一台精彩大戏，结束时，他就像享受天使蛋糕那样享受了她的痛苦。她恨死了他，他穿了最好的小白套装，活该溅了草莓冰激凌汁。贝拉妮斯她也恨，因为对她，此行只不过是冬岭一游。她父亲，她想杀了他，他说了回家后他再治她。她跟谁都过不去，哪怕车上的陌生人，尽管泪眼模糊看不太清楚他们——她但愿公交车掉进河里，撞入火车。对自己，她是恨得不能再恨，她但愿整个世界统统死掉。

"开心点儿，"贝拉妮斯说，"擤擤鼻子擦擦脸，事儿很快会好转来。"

贝拉妮斯拥有一方出客赴宴的蓝手帕，是配她最贵重的裙装和蓝色小羊皮皮鞋的——这手帕，她拿了出来给弗兰西斯，它是一方精致的乔其纱手帕，当然是不应当用来对付眼泪鼻涕的。她是不会留意到这个的。在她们座位当中，已有三条属于她父亲的湿手帕了，贝拉妮斯拿起其中一条来开始替她擦眼泪，可弗兰西斯不动，也没让开。

"他们把老弗兰琪赶出婚礼，"约翰·亨利的大脑袋在车座椅背上伸出来，一颠一颠的，他笑嘻嘻，龇着一口七翘八裂的小牙。她父亲清了清嗓子，说："够了，约翰·亨利。别去惹弗兰琪。"贝拉妮斯跟了一句："快坐下去，听话。"

车开了很长时间，现在往哪个方向开都一样，她不再在乎了。婚礼从一开始就感觉蹊跷，像去年六月第一个礼拜他们在厨房玩的桥牌游戏。他们一轮轮打啊打，打了好些天，谁都没好手气，摸到的牌都很烂，没人叫高点数——直到最后贝拉妮斯狐疑起来，说："让咱动手来数数这堆老破牌。"他们动起手来数那堆老破牌，结果发现所有的杰克和皇后都不见了。最后约翰·亨利招供杰克全被他剪了下来，后来他又剪下皇后，与杰克做伴，他将剪下的碎纸片片儿藏在炉膛里，将皇后和杰克偷偷带回家去了。于是桥牌的错找到了。可婚礼的错又怎么来解释呢？

婚礼整个都是错，尽管她说不出究竟错在哪里。住宅是一座有模有样的砖房，在被太阳晒得滚烫的小镇边上不远处，而当她脚刚一伸进房子，眼球就好像被轻轻一拨；纷纷杂杂、眼花缭乱的是粉红玫瑰，地板蜡的气味，银盏银盘里的薄荷糖、果仁。大家都对她好得不得了。威廉斯太太穿着蕾丝礼裙，她问弗·简茉莉在学校里读几年级，问了她两回。不过她还问，婚礼开始之前是不是乐意到外面去荡荡秋千，口气是大人跟小孩说话的那种。威廉斯先生对她也一团和气。他脸色蜡黄，脸颊上褶子一道道，眼睛底下的皮肤一疙瘩一疙瘩的，颜色和样子像干苹果核儿。威廉斯先生也同样问她在学校里读几年级；事实上，这就是婚礼上大家问她的主要问题。

她想跟她哥哥和新娘说话，跟他们谈谈，告诉他们她的计划，只有他们三人单独在一起。可他们一分钟也没单独过；简维斯出门去检查别人借他们度蜜月的轿车，简妮丝在前卧房里打扮，身边簇拥着一群漂亮大姑娘。她的目光在他们两个之间来来去去，却无从开口细说。有一回简妮丝伸开双臂搂住她，还说有这么个小妹妹她真是太幸福——当她亲吻她时，弗·简茉莉感到喉咙口一阵痛，说不出话来。而简维斯呢，她去院子里找他时，他猛地将她一把举起，打打闹闹的做派，说：弗兰琪，小长腿兰琪，小甜甜弗琪，细脚伶仃——细脚伶仃——长脚鹭鸶——弗兰琪。他还塞给她一块钱。

她在新娘房间的屋角站着，想要说：我太爱你们俩了，你们就是我的"我们"。请你们从婚礼上带我走，因为我们本该在一起。哪怕她能这么说：恕我斗胆，是否可以烦劳您去隔壁房间，因为我有事向您和简维斯透露？设法让他们三人一起单独在一间屋里，再设法跟他们细说。她如果有先见之明，把要说的话用打字机打下来就好了，只要把那张纸交给他们，他们就会读到！可这个办法她却没想到，她的舌头在嘴里变得笨重而麻木。她只会用一种微微颤抖的声音问——面纱在哪里？

"我能感觉大气里正酝酿着一场暴风雨哩,"贝拉妮斯说,"我那两截弯曲着的老关节总是能知道。"

不戴面纱,只有婚礼帽檐垂下来的一小片儿网纱,没人穿精致考究的衣裙。新娘一身日间套裙。唯一庆幸的是她没像原先打算的那样,上公交车时就穿上那一身礼服裙,并后来及时发现了这情况。她在新娘房间的屋角站着,直到钢琴奏响婚礼进行曲的第一串音符。在冬岭,大家都对她好得不得了,只是大家都管她叫弗兰琪,把她当小孩对待。这和她原先期望的相差太远了,而且就像六月里的桥牌游戏,从头到尾有一种感觉,什么东西极端不对头。

"高兴起来,"贝拉妮斯道,"我正盘算给你一个大惊喜呢。我这会儿坐着正在盘算。你难道不想知道是什么样的惊喜?"

弗兰西斯连抬一抬眼皮的反应都没有。婚礼就像一场超乎她能力的梦,或像一台不听她管控也不该有她角色的戏。客厅里挤满了冬岭那帮人,新娘和她哥哥站在房间顶头的壁炉架跟前。又一次望见他们俩并肩站在一起,与其说那是她昏眩的眼睛看到情景,不如说是一种飘飘忽忽的感觉来得更真切。她用心灵望着他们俩,不过所有那些分分秒秒里,她只是在想:我还没告诉他们,他们还不知道。想着这件事,心里沉甸甸如咽下一块重石。之后,当与新娘亲吻之际,餐厅里开始招待茶点,人头攒动,一派聚会的热闹气氛——她在他们俩近旁转来转去，可话却说不出来。他们不会带上我的，她这么想，而这想法是她承受不了的。

当威廉斯先生将他们的箱包搬出去时，她提了自己的行李箱也急忙跟着赶了出去。其余的事就像一场恐怖至极的表演，观众里一名发疯的女孩冲上舞台，一意孤行，硬是充当起一名剧本里没有也不该有的角色来。你们是我的"我们"，她的心这么倾诉，可嘴却只能大喊："带上我！"他们恳请她，乞求她，但她已经坐在轿车里了。最后她抱住方向盘不放，直到她父亲还有另一个人死拖硬拉，总算把她弄出车来，即便那时，只能望一路尘土，一条空道，她还在哭喊："带上我！带上我！"唯有参加婚礼的宾客们听得见她，因为新娘和她哥哥已扬尘离去。

贝拉妮斯说："学校过三个多礼拜马上就要开学。你要上七年级Ａ班啦，会碰到好多好多新面孔小孩子，交上像那个让你着迷得一塌糊涂的艾芙琳·欧文样儿的知心朋友呢。"

这种腔调叫弗兰西斯受不了。"我从来就没想要跟他们走！"她说，"只不过开个玩笑而已。他们说等安顿好，就会请我去看他们，但我不去。给我一百万也不去。"

"这个我们都知道，"贝拉妮斯说，"现在来听听我盘算着给你的大惊喜。等你在学校里停当下来，有机会交交朋友，我觉得开个派对是很棒的主意。在客厅里开一个像像样样的桥牌派对，招待土豆色拉，还有那些个小小的橄榄三明治，就是你裴特姑姑有一回招待的，在俱乐部集会上，叫你激动得没边儿——圆滚滚的那种，当中有只洞眼露出橄榄来。一个像像样样的桥牌派对，招待美味茶点。你看怎么样啊？"

这种哄小孩的允诺触她的心境。那一颗羞惭不堪的心被伤到了，她交叉抱着的手臂贴住心口，身体轻轻摇摆。"这是一场假游戏。牌都做了手脚，全是诡计。"

"我们可以在客厅里办桥牌派对。外面后院里同时再办另一个。化装派对，招待热狗。一个高雅，一个热闹。桥牌点数最高的人和戏装最滑稽的人有奖。你看这个怎么样呢？"

弗兰西斯拒绝朝贝拉妮斯看，也拒绝回答。

"你可以打电话告诉晚报编辑，叫他们在报上登一登派对的事情。这样你名字不就第四回见报了。"

不错，可她对这样的事已无动于衷了。一次，她的自行车撞进一辆汽车，报纸把她叫成簸箕①·亚当斯。簸箕！可现在她不在乎了。

"别这么哭丧着脸呀，"贝拉妮斯说，"又不是世界末日。"

"弗兰琪，不哭，"约翰·亨利说，"我们回家，支起尖

---

① 原文为 fankie，俗语里是 funky（恶臭的，古怪的）和 stanky（恶臭的）的拆字组合。

顶帐篷，咱来开心开心。”

她止不住还是哭，发出喉咙哽住的抽泣声。“呜呜，闭起你的嘴！”

“听我说。告诉我你想要怎样，只要我力所能及，我就尽力办到。”

“我想要怎样，”弗兰西斯说，停顿了一下，“我想要的就是，只要我活着，就不要听见任何人类跟我说话！”

贝拉妮斯终于说：“行。那就嚎去吧，行，倒霉蛋。”

余下的归途，她们没再说话。她父亲睡着了，一条手帕盖住了鼻子和眼睛，还打了几声呼噜。约翰·亨利·韦斯特依偎在她父亲膝头，也睡着了。车上其他乘客也是一片昏懵的静，公交车晃得跟只摇篮似的，一路低声轰鸣。车窗外，下午明晃晃，时不时会有一只红头鹫慵懒地挂在白炽的天际。他们的车经过空荡荡的红土交叉路口，两边是深陷的红色冲沟，寂寥的棉花田当中杵着灰不溜秋的破棚屋。只有暗黑的松树看上去有些凉意——还有隔着数英里远望过去显得幽蓝的一片低回的山岭。弗兰西斯阴沉着伤心的脸看窗外，足有四小时，她没说一个字。车开进镇时，终于有了变。天空低垂，变成一片紫灰，衬得树木如毒药般的绿。空气里有种凝成冻状的静，接着响起第一声闷雷。风从树梢头上掠过，其声如湍湍水流，预告要来暴风雨。

“我就跟你说过，”贝拉妮斯说，她不是指婚礼，“我能从关节里感到不痛快。来一场好雨，我们大家就都会痛快起来。"

好雨没来，只是空气里有一种渴望而已。风是烫的，弗兰西斯对贝拉妮斯的话报以浅浅一笑，不过那是奚落的笑，伤人心的。

"你以为一切都已过去，"她说，"可这恰恰表示你有多么无知。"

他们以为事情已过去，可她会叫他们看到的。婚礼没有接纳她，但她仍要走进大世界。往哪里走她不知道，但不管怎样，这个夜晚她就要离开小镇。倘若她不能按她计划同她哥哥和新娘走得安安全全、风平浪静，她还是要走的，反正是要走的。哪怕她不得不犯罪。自昨晚以来，她第一次想起那大兵——不过只是一闪念的那种，因为她脑子里正忙着盘算各种转瞬即逝的计划。夜半两点有一班火车路经小镇，她可以搭那班车；火车一般都北行，可能去芝加哥或纽约。要是火车去芝加哥，那她就继续走，上好莱坞去，写剧本或当个小明星找个小角色干干——或者，最糟的话，去演演滑稽戏也行。要是火车去纽约，她就换上男儿装，假报姓名、年龄，参加海军。然而，她还得等她父亲去睡觉，她仍能听见他在厨房里走动。她在打字机跟前坐下，写了一封信。

亲爱的父亲：

　　　直到我从其他地方再写信给您，这就是一封告别信
了。我跟您说过我会离开小镇，因为这是注定的。我再
也无法承受这种生活了，因为我的人生已成了一种负
累。我带走了手枪，谁知道什么时候会用得着呢？我一
有机会就会寄钱给您的。转告贝拉妮斯不用牵挂。一切
皆是命运的嘲弄，这是注定的。我日后会写信。爸爸请
您不要来抓我。

您真诚的

弗兰西斯·亚当斯

　　纱窗上的青白飞蛾躁动不安，窗外的夜显得怪诞奇谲。
热风已消停，空气静滞像固体，当你走动，它就重重地抵着
你。偶有低沉的雷声。弗兰西斯一动不动坐在打字机前，还
穿着瑞士式圆点短连衣裙，皮带捆好的行李箱停放在门边。
过了一会儿，厨房的灯光暗掉了，她父亲在楼梯脚往上喊：
"晚安，刁蛮娇小妞，晚安，约翰·亨利。"

　　弗兰西斯等了许久。约翰·亨利横睡在床脚，还穿着套
装，鞋也没脱。他张着嘴巴，一只眼镜脚滑落下来。她等了
许久，实在再也等不下去了，便提起箱子，踮着脚尖悄悄下
了楼梯。楼下黑洞洞，她父亲屋里也黑洞洞，住宅到处黑洞

洞。她站在父亲房门口，他轻声打着呼噜。她在那里站着、听着的那几分钟是最难的。

剩下的就容易了。她父亲是个鳏夫，有一套自己的老习惯，每天夜里他都将裤子叠好搭在一张直背椅上，皮夹、手表和眼镜留在五斗柜的右边。她摸黑轻悄地动作着，手几乎一下子就摸到了皮夹。她小心拉开五斗柜抽屉，一弄出刮擦声就停住手，竖耳听动静。枪在她滚烫的手里沉重、冰冷。这事是容易的，除了那颗心跳得咚咚大响，再就是当她蹑手蹑脚往外挪时出了个意外。一只字纸篓绊了她一下，呼噜停住了。她父亲翻了个身，含糊咕哝了一声。她屏住呼吸——终于，过了一分钟，呼噜又响了起来。

她将信留在桌上，踮着脚尖走到后门廊。可有件事她不曾料到——约翰·亨利叫唤起来。

"弗兰琪！"尖利的童音似乎传遍夜宅的每间屋，"你在哪儿？"

"嘘，"她低声说，"回去睡觉。"

她没关自己屋里的灯，他就站在楼梯门口，朝下面黑洞洞的厨房望。"你在下面黑头里干什么呀？"

"嘘！"她稍大声又说了一遍，"你回去睡觉，我就上去。"

约翰·亨利进去后，她又等了几分钟，接着摸到后门，拧开门锁，脚落到外面。可虽说她动作极轻，他准是听见她了。"等一下，弗兰琪！"他拖着哭腔喊，"我来啦。"

孩子的尖叫吵醒了她父亲，她还没绕过住宅拐角就已经知道。夜，黑而浓重，她奔跑着，还听见她父亲在喊她。她从住宅拐角背后看过去，见厨房的灯亮了；灯泡一前一后晃着，在葡萄棚上和黑黢黢的院中投射出一片动荡的金色。这下他会读到信，她想，然后追出来抓我。她飞奔过好几个路口，行李箱在她腿上撞来撞去，好几次差点儿把她绊一跤，她这才想到她父亲还得穿上衣裤——他不能只穿睡裤就满街追她。她停了停往后看。后边没人。走到第一盏街灯下，她放下行李箱，从连衣裙前袋掏出皮夹，用发抖的手打开。皮夹里有三块一毛五。她非得扒货车之类才行。

突然间，孤零零站在空寂的夜街上，她意识到自己茫然无措了。扒货车，说起来容易，可流浪汉那伙人到底是怎么扒法的？她离火车站只有三个路口，她拖沓着向车站走去。车站已关闭，她绕车站徘徊，望着月台发愣，惨淡的灯光下，月台长而空，靠站台墙边有几台口香糖零售机，月台地上有口香糖纸和其他糖果纸片儿。铁轨凛凛然银光闪亮，倒是有几节货车车皮停在远处岔轨上，但没接任何火车头。火车要到两点才来，她能跳上车厢，就像从书里读过的那样，然后远走高飞吗？铁轨那头不远处有盏红提灯，她望见一个铁路工人背着红光朝这边慢慢走近。她不能在这里游荡到两点——她走出车站时，一只肩膀被箱包的重量压得往下垮着,她不知道该往哪里去了。

礼拜天夜里,大街是荒寂而凄清的。广告牌的红绿霓虹和街灯在小镇上空笼了一层闷热的薄雾,天却不见星辰,一片漆黑。街上有个歪戴帽子的汉子,她走过时,他拿下叼着的烟卷儿,盯住她看。她不能这样在镇上游荡,因为此时她父亲该追出来了。走到芬尼小铺的背巷里,她在行李箱上坐下,这才意识到手枪还捏在左手里。她刚才就这么一手握枪在镇上跑,她想自己这是发疯了。她说过倘若新娘和她哥哥不要她,她就一枪崩了自己。她举起手枪,对准自己的太阳穴,举了一两分钟光景。要是扣下扳机,她就会死掉——死亡是黑,是无,只有纯粹、可怕的黑,黑得无边无际,黑到世界末日。她放下手枪,跟自己说,她在最后一瞬间改了主意。手枪她放进了行李箱。

背巷暗黑,一股垃圾桶的臭味;就是在这条背巷里,春天的一个午后,隆·贝克的喉咙被割开,割开如一张滴血的嘴,在阳光里磕磕巴巴诉说。隆·贝克就在此地被杀死的。她抓起玻璃水罐砸大兵脑瓜时,杀没杀死他?在黑巷里,她害怕起来,感觉心智紊乱。要是身边有个人就好了!要是她能找到哈尼·布朗,他们俩一起离镇出走就好了!但哈尼去了叉瀑,明天才会回来。要是她能找到猴子和耍猴人,和他们结伙远走他乡就好了!只听咔哒一声响,她吓得猛一哆嗦。一只猫跳上垃圾桶蹲着,黑头里,背着巷末的光亮,她可以看见它的影子。她悄声唤道："查尔斯！"接着又唤，"查琳娜！"可它不是她的波斯猫，她一脚高一脚低朝垃圾桶走去，那猫一跳，跑了。

在阴惨酸臭的黑巷里，她是再也站不下去了，她提着行李箱往有光的巷末走，在贴近人行道的地方站住，仍躲在一堵墙的阴影里。要是有谁能告诉她怎么办，去哪里，怎么去，就好了！大妈妈算的命果真算中了——关于这旅行，关于一趟出门和回归，甚至一捆捆棉花，因为从冬岭返程的公交车曾经过一辆载着一捆捆棉花的卡车。而且还有她父亲皮夹里的一笔钱，因此大妈妈的预见已经被她一一实现。她要不要去甜村大妈妈家，告诉她已把运程整个都花完了，这下她该怎么办。

背巷阴影之外那凄惨的街是一条苦等的街，下个街口拐角上可口可乐霓虹灯招牌顾盼地一眨一眨，一盏街灯下有个女人来回踱着，像是在等谁。一辆长车身的车，或许是辆帕卡德，门窗紧闭，沿大街慢吞吞开下来，贴着人行道不紧不慢巡行的架势让她想到黑帮车，她赶紧朝墙根缩去。接着对面人行道上走过两个人，她感觉心头突然蹿上一旺暖火来，不到一秒钟的刹那，就像是她哥哥和新娘来迎她，眼下正在那里。不过那感觉立刻就熄灭了，她只不过望见一对陌生人从街上走过而已。她胸口是空的，但在这空底下压着一坨重物，压伤了她的胃，让她觉得恶心不止。她跟自己说必须动作起来赶快离开。可她却仍然站在原地，眼睛闭拢，脑袋贴着余温尚存的砖墙。

午夜过去很久，她才离开背巷，已落到冒出来的任何主意都是好主意的境地。她抓住一个接一个的主意。搭车去叉瀑，追哈尼；或给艾芙琳·欧文发电报，去亚特兰大与她碰头；或甚至回家找约翰·亨利来，这样至少有个人跟她在一起，她不至于孤零零一人闯大世界。然而每个主意好歹都行不通。

接着，在无解中求解的一堆思绪乱麻中，她忽然想到了大兵；而这回不是一闪念——它萦绕着她，纠缠着她，挥之不去。她犹豫着该不该去"蓝月亮"一趟，在她远走高飞、永远离开小镇之前，弄清楚她到底有没有杀死大兵。这念头一缠上来，她似乎觉得很不坏，于是便往前街走去。要是她没杀死大兵，找到他时她能说什么呢？她不知道接下来的念头是怎么会冒出来的，不过突然间她似乎觉得或许可以问大兵想不想同她结婚，然后他们俩可以一起远走高飞。他在发疯之前还是蛮友善的。这个点子来得又突兀又新鲜，而且看来还是相当合情合理的。她想起自己竟忘了还有一部分算出来的命数，就是她会嫁个浅发碧眼的人，事实上大兵的一头浅红头发和蓝眼睛就像是印证，说明这正是一件该干的事情。

她加快脚步。前一夜就像发生在很久很久以前，大兵在她的记忆里已"前嫌皆释"。然而，她想起了旅馆客房里的静；突然之间，家里前楼卧房发癫疯，那静，车库背后令人恶心的言语——记忆碎片在她心灵深邃的混沌幽冥之中聚拢、拼合起来，正如探照灯光柱聚焦于一架夜航的飞机，她心里豁然一亮，她懂了。一种齿冷的震惊；有一分钟她站定不动，接着她又继续朝"蓝月亮"走去。边上的店铺黑黢黢都已打烊，当铺的橱窗为防夜贼拉下铁网上了锁，只有那些建筑的露天木扶梯上亮着灯，还有就是"蓝月亮"泼洒出来的明晃晃、蓝莹莹的光。楼上传来吵架声，街的一头响着两个男人走远的脚步声。她已不再想大兵的事；刚才那瞬间的敏悟已将他从她心头驱走。但她唯一清楚的是她一定要找一个人，任何人，能同她一起离开。此时此刻她承认她害怕，不敢一人孤身去闯大世界。

那天夜里，她没能弃镇而走，因为警察在"蓝月亮"截住了她。她踏进门时，威利警官就在那儿了，她在靠窗的桌旁坐定，将行李箱搁在身边地上，她这才看见他。自动点唱机唱着一支低俗的蓝调，葡萄牙店主闭眼站着，手指紧跟点唱机那差劲的曲调在木质柜台上上上下下弹着。只有寥寥数人坐在角落的一个厢座里，蓝莹莹的灯光下店堂看上去像沉在海底。她没看见警察，直到他站在桌边，她抬头望他时，她惊悸的心颤抖了一下，就停了跳。

"你是罗伊尔·亚当斯的女儿吧。"警察说。她头点一下表示承认。"我给总署挂电话过去，报告找到你了。待在此地别动。"

警察走向店堂后边的电话亭。他这是去打电话召唤一辆黑马利亚，把她拖进监狱去，不过她不在乎。非常可能她已杀死了大兵，他们追踪线索，已在全镇到处猎捕她了。或许警察发现了她从西尔斯·罗伯克百货店偷了三刃小折刀。她被逮获的原因不甚明了，漫长的春天、夏天里干的坏事，凝聚成一种她对此已失去了理解力的罪疚感。仿佛她干下的勾当，犯下的罪孽，都是出自别人——很早以前的一个陌生人——之手。她一动不动坐在那里，两腿紧紧绞着，双手相扣搁在膝头。警察在电话上讲了很久，她眼睛笔直瞪视着前面，见有两人从一个厢座站起，身体彼此紧贴，开始跳舞。一名士兵砰地开纱门，穿过店堂，只有她心里很早以前的那个陌生人认出了他；当他爬上楼梯，她慢慢地、不带任何感觉地想到，就这么一只赤红鬈发的脑袋竟像是水泥做的。之后她的念头又转回监狱、冷豆子、冷玉米饼以及铁窗囚房。警察从电话亭走回来，在她对面坐下，说：

"你是怎么碰巧来这里的？"

警察一身蓝制服，看上去模子挺大，而且一旦被逮住，耍弄、说谎是下下策。他沉着脸，前额肥短，不对称的两耳——一只大一只小——一副疲惫的表情。盘诘她时，他不看她的脸，而是朝她头顶上某个地方瞅。

"我来这里干什么？"她重复道。突然之间她忘了，末了她实话实说，她说："我不知道。"

警察的声音仿佛从很远传来，就像穿越长廊问过来的一个问题。"你这是往哪里去？"

世界此刻离弗兰西斯是那么远，远得她不再能想它。她看到的地球不再像从前的那样，破裂、松散、一个钟点旋转一千英里；地球是浩渺、静止、扁平的。在她和其他任何地方之间阻隔着一片空间，一片深广的谷壑，她无望得以跨越。演电影或参加海军的计划都很小儿科，是绝对说不通的，她回答问话时相当谨慎。她报出她所知的最小、最丑的地名，这样一来，离家出走奔赴那里，就不会被认为太离经叛道。

"花枝。"

"你父亲打电话给总署，你留下一封信说你离家出走了。我们在公交车站找到了他，他即刻就来这里领你回家。"

是她父亲唆使警察来追她的，那她是不会被送进监狱的了。从某种角度来说这叫她遗憾。宁可关进一间你能朝墙壁拳打脚踢的牢房，也比关进一间你看不见的牢房更好。大世界太遥远，她是不可能再参与其中了。她又回到夏季的忧惧里，回到原先那种与世隔绝的忧惧里——而婚礼败笔使忧惧加速升级为恐惧。即便在昨天，还存在一种共鸣，她感觉遇见的每个人与她多少都是联系着、是相通的，而且彼此之间瞬间就眼对上了眼。弗兰西斯朝葡萄牙人望过去，那人照旧跟着点唱机在木柜台上弹假钢琴。他边弹边摇晃身体，手指在柜台上左奔右突，东奔西跑，坐在柜台一端的男人不得不用手护着玻璃杯。一曲终了，葡萄牙人便双臂往胸前一抱，弗兰西斯眯细眼睛使劲盯住他看，想引他看她。她昨天讲述婚礼，第一个就是对他讲的，可他以一副店主的神气朝店堂瞄了一圈，目光漫不经心地掠过她，那双眼睛里并无相通的神情。她向店堂里的其他人看过去，所有人的神情都一样，他们都是陌生人。在蓝灯影里，她感觉怪诞，就如一个溺水人。最后，她朝警察直直瞪着眼睛，警察终于迎着她的目光与她对上了眼。那双眼睛像娃娃的瓷眼，里面只映出她自己那张迷茫的脸。

纱门砰响，警察于是说："你爹来了，接你回家。"

关于婚礼，弗兰西斯从此再也没提过。时节更替，进入了另一季节。发生了不少变化，弗兰西斯十三岁了。在他们搬家前的一天，她和贝拉妮斯一起在厨房里，这是贝拉妮斯和他们相处的最后一个下午，因为当她和她父亲决定要搬去小镇新辟的城郊，和裴特姑姑、尤斯塔斯姑父同住一栋住宅时，贝拉妮斯就提出要辞工，说是也该嫁给提·提·威廉斯了。这是十一月末一个下午的最后那段时光，东边的天际已是冬季那种天竺葵红。

弗兰西斯又走回厨房，因为其他屋子都空了，家具已用小货车拉走。只剩两张床铺留在一楼两间卧房里，还有厨房家具，明天都会被搬走。这是弗兰西斯很久以来第一次在厨房里单独和贝拉妮斯打发下午时光。这里已不是仿佛很久之前的那个夏季的厨房了。铅笔图画消失在一层白色刷墙粉背后，新添的油地毡盖住了开裂的地板。就连餐桌都挪了地方，往里推，靠着墙，因为不再有人跟贝拉妮斯一起吃饭。

整修过、几乎跟上时尚的厨房，没留下任何东西会让人想起约翰·亨利·韦斯特。然而不管怎样，有时候，弗兰西斯照样会在那里感觉到他的灵魂再现，肃穆的，踟蹰的，阴灰的。碰上那些时刻，就会一阵沉默——说不出话的颤栗所带来的沉默。同样，当提到哈尼或念及哈尼，也会这样一阵沉默，因为哈尼被判了八年，此时在囚中服长刑。十一月末薄暮临近的这天下午，正当弗兰西斯在做三明治，煞费苦心将它们切成精巧可爱的形状——为的是玛丽·利特约翰五点会过来——一阵沉默就这么来了。弗兰西斯瞥了一眼贝拉妮斯，她正愣坐椅中，穿着件脱了线的旧毛衣，垂着两条松搭的手臂。她腿上搁着一条薄削的狐狸毛皮，是多年前鲁迪·伏里曼送她的。皮毛一撮撮粘在一起，小尖脸苦哀而狡黠。红炉灶中的火苗儿忽闪忽闪蹿悠着，火光舔着厨房，暗影晃动。

"我只是迷上了米开朗琪罗。"她说。

　　玛丽五点来吃晚饭、过夜，明天跟小货车一起去新家。玛丽收集艺术大师的画片，将它们夹在一本艺术书里。她们一起读诗，比如丁尼生的；玛丽要当大画家，弗兰西斯要做大诗人——或雷达方面的最高权威。利特约翰先生和某家拖拉机公司关系密切，大战之前利特约翰一家一直住在国外。当弗兰西斯十六岁、玛丽十八岁时，她们俩将会结伴游世界。弗兰西斯将三明治摆在一只盘中，盘中还有八粒巧克力，一撮盐味果仁；这将是夜宵，半夜十二点钟她俩在床上享用。

　　"我告诉过你，我们会一起游世界的。"

　　"玛丽·利特约翰，"贝拉妮斯说道，口吻是带着某种情绪色彩的，"玛丽·利特约翰。"

　　贝拉妮斯不能欣赏米开朗琪罗或诗歌，更不用说玛丽·利特约翰了。说到这个话题，她们起初有过一番口角。贝拉妮斯评论玛丽，说她粗笨，肿胖，灰白像一粒棉花糖，而弗兰西斯则激烈地辩护。玛丽有长长的辫子，长到她自己几乎差不多可以坐在辫子上了，辫子交织着玉米黄与褐色，辫梢上扎了橡皮筋儿，有时会扎上缎带。她有一双褐色眼睛，黄睫毛，她咬指甲，能看见她的手窝肉嘟嘟，从指根到指甲越来越细，指尖是粉粉的小肉团。利特约翰家信天主教，即便在这一点上，贝拉妮斯突然也变得斤斤计较起来，说罗马天主

202

教徒崇拜偶像①，祈望教皇统辖世界。不过对弗兰西斯来说，这点不同，恰是给陌生的新奇感与无声的恐怖感添了画龙点睛的最后一笔，完满了她对爱的奇想。

"我们这是枉费心思在讨论某个人。你是永远不可能懂她的。你就是没这根性。"她曾经冲贝拉妮斯这么说过一回，从她陡然愣住并黯淡下去的眼神里，弗兰西斯知道这话是伤人的。现在她又重复了一遍，因为贝拉妮斯说这名字时用了带有某种情绪色彩的口吻，这激怒了她，可话一出口，她就感到对不起她了。"反正，我认为我人生的最大荣耀就是玛丽选择了我作为她唯一的最知心朋友。我! 所有人之中!"

"我说过什么冒犯她的话了? "贝拉妮斯说，"我只不过就说见她坐那儿咬那几截猪娃儿小尾巴，叫我提心吊胆捏把汗。"

"辫子! "

一群翅膀刚健的大雁，拉开箭阵，飞过院子，弗兰西斯走到窗前。早晨降了霜，银白了枯黄的草地和邻家的屋瓦，就连葡萄棚上那稀落荒疏的蟠蜿枝叶也变得银白银白了。当她回头转向厨房，一阵沉默又一次降临屋里。贝拉妮斯臂肘支在膝盖上，手托前额，佝偻地坐着。一只光点斑驳的眼睛

---

① 基督教十诫之一：不可为自己雕刻偶像，也不可做什么形象仿佛上天、下地，和地底下、水中的百物。

愣在煤斗上。

　　这些变故差不多是同时发生的，在十月中旬。之前两个礼拜，弗兰西斯在一次抽奖赛上结识了玛丽。那是无数粉白、淡黄的蝴蝶在秋天最后的花簇中翩跹翻飞的时节；也刚巧是庙会的日子。最先是哈尼。一天夜里抽了一支大麻烟，叫做大烟或雪的东西，疯癫起来；他急切地再想来几支，便撬开卖给他大麻的那个白人的药房。他被关在监牢里，等着判罪，贝拉妮斯到处奔走，筹集钱款，求见律师，企图得到探监的准许。第三天她来了，但已累垮，眼睛又红又肿。头疼，她说自己头疼，约翰·亨利·韦斯特将头伏倒在桌上，说，他也头疼。但谁都没理会他，以为他跟贝拉妮斯学舌。"走开，"她说，"我没这份耐心跟你胡搅蛮缠。"那是在厨房里对他说的最后一句话；后来，贝拉妮斯回头想，她把那话视为上帝对她的惩罚。约翰·亨利·韦斯特得了脑膜炎，十天后，他死了。直到事情整个结束，弗兰西斯连一分钟都没真信他会死。那是金黄的天气，是大滨菊和飞蝴蝶的时节。空气是清冽的，一日复一日，天空是清澄的碧蓝，流溢着光，光是那种起涟漪的水波之色。

　　他们没让弗兰西斯去看约翰·亨利，贝拉妮斯每天都帮着专职护士照看他。快到天黑时她会过来，从她沙哑嗓子里说出来的事情使约翰·亨利·韦斯特变得不真实。"我不明白他为什么要这么遭罪。"贝拉妮斯会这么说。"遭罪"是一个她无法与约翰·亨利挂上钩的词，一个叫她避之不及的词，就像面对心底那一片未名的、虚空的黑。

那是庙会的时节，一条巨大横幅拱桥般横跨主街，集市广场上庙会持续了六天六夜。弗兰西斯去了两次，两次都同玛丽一起去，她们几乎把所有的游乐项目都坐了个遍，但她们没去怪胎馆，因为利特约翰太太说看怪胎是病态。弗兰西斯替约翰·亨利买了一根走路用的拐杖，还把自己在乐透抽奖赛上赢到的地毯送给他。可贝拉妮斯说这些他是用不着了，那话听着阴森，且不真实。随着晴朗的日子一天接一天到来，贝拉妮斯的话变得越来越瘆人，她在惊恐之中听着，但她心里的一部分还是不能相信。约翰·亨利惨叫了三天，他的眼球翻上眼角，就翻在那里了，盲了。最终他躺着，头断了似的甩在后面，连喊叫的力气也没了。他死于庙会结束后的那个礼拜二，一个最清澄明丽的、飞蝴蝶最多的金色早晨。

这期间贝拉妮斯找到了律师，去监狱见了哈尼。"我不知道自己造了什么孽，"她不断重复，"哈尼处境这么糟，现在又是约翰·亨利。"然而，弗兰西斯心里的一部分还是不相信。但到了那日，他要被送去欧佩莱卡市的家族墓地，埋葬查尔斯大叔的同一地方，她见了那副棺木，她明白了。有一两次他走进她的噩梦，他就像从百货店橱窗里溜出来的小假人，两条只有关节能僵直地动的蜡腿，一张上了彩的干瘪蜡脸，就这么朝她走来，惊惧攫住她，吓醒了她。可是这梦只做过一两回，白天整天忙于雷达、学校、玛丽·利特约翰。她记得更多的还是约翰·亨利从前的模样，现在她已经很少感觉到他的灵魂再现了——肃穆的，踟蹰的，阴灰的。只是偶尔，近黄昏时分，或当那种异样的沉默笼住屋子的时候。

"我放学顺便去了店铺，爸爸收到简维斯的一封信。他在卢森堡，"弗兰西斯说，"卢森堡。你不觉得这名字很好听吗？"

贝拉妮斯打起精神来："唔，宝贝儿——它让我想起肥皂泡。不过是个好听的名字。"

"新家有地下室。还有间洗衣房呢，"停了片刻，她又跟了一句，"我们游世界时，很可能会经过卢森堡。"

弗兰西斯又转向窗口。差不多五点了，天竺葵红的暮色已从空中褪尽。地平线上最后一抹惨淡天光已残，已冷。黑，说来就来，就像冬天。"我只是迷上了——"可话没说完，因为她听见门铃叮当响起，瞬间心头一阵欣喜，沉默被打碎了。

Carson McCullers
THE MEMBER OF THE WEDDING
根据 The Library of America 2017 年版译出

图书在版编目(CIP)数据

婚礼的成员/(美)卡森·麦卡勒斯
(Carson McCullers)著;卢肖慧译. —上海:上海译
文出版社,2021.12
(麦卡勒斯文集)
书名原文:The Member of the Wedding
ISBN 978 - 7 - 5327 - 8889 - 7

Ⅰ.①婚… Ⅱ.①卡…②卢… Ⅲ.①长篇小说-美
国-现代 Ⅳ.① I712.45

中国版本图书馆 CIP 数据核字(2021)第 253554 号

婚礼的成员
[美]卡森·麦卡勒斯 著 卢肖慧 译
特约策划/彭伦 责任编辑/徐珏 装帧设计/张志全工作室

上海译文出版社有限公司出版、发行
网址:www.yiwen.com.cn
201101 上海市闵行区号景路 159 弄 B 座
江阴市机关印刷服务有限公司印刷

开本 787×1092 1/32 印张 7.5 插页 5 字数 113,000
2022 年 4 月第 1 版 2022 年 4 月第 1 次印刷
印数:0,001—8,000 册

ISBN 978 - 7 - 5327 - 8889 - 7/I · 5497
定价:69.00 元